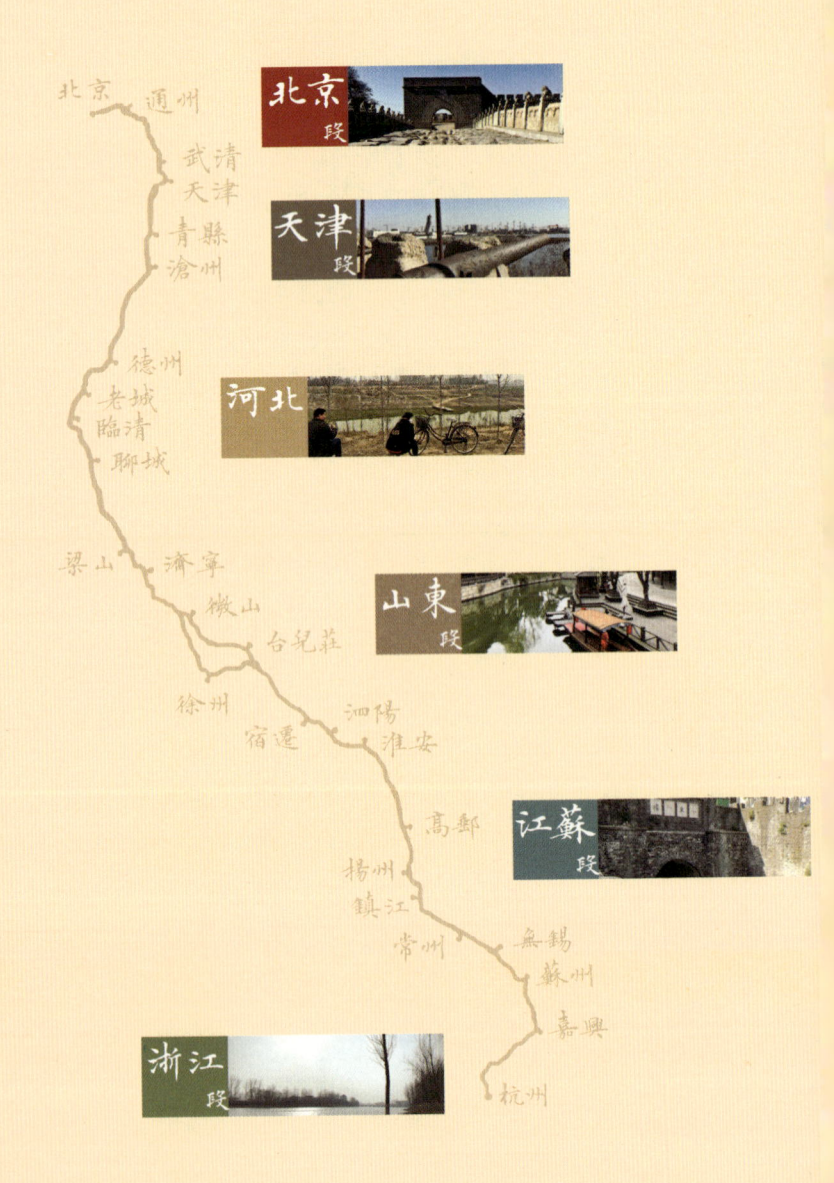

北京段

天津段

河北

山東段

江蘇段

浙江段

北京
通州
武清
天津
靜海
青縣
滄州
德州
故城
臨清
聊城
梁山
濟寧
微山
台兒莊
徐州
宿遷
泗陽
淮安
高郵
揚州
鎮江
常州
無錫
蘇州
嘉興
杭州

Walking reading along the Beijing Hangzhou grand canal

走读运河

赵乐强 著

学林出版社

图书在版编目（CIP）数据

走读运河：赵乐强著 . -- 上海：学林出版社，
2021.10
ISBN 978-7-5486-1806-5

Ⅰ.①走… Ⅱ.①赵… Ⅲ.①随笔—作品集—中国—当代 Ⅳ.① I267.1

中国版本图书馆 CIP 数据核字（2021）第 187537 号

责任编辑：吴耀根
装帧设计：蒙奇平面设计

走读运河
赵乐强　著

出　版	学林出版社
	（201101　上海市号景路159弄C座）
发　行	上海人民出版社发行中心
	（201101　上海市号景路159弄C座）
印　刷	上海盛通时代印刷有限公司
开　本	889×1194　1/32
印　张	8.25
字　数	18万
版　次	2021年10月第1版
印　次	2021年12月第2次印刷
ISBN	978-7-5486-1806-5 / I · 238
定　价	68.00元

团购图书、媒体推广：学林 13386018204
（如发生印刷、装订质量问题，作者可以向工厂调换）

前言：每步向前都是春

2017年春天，我和朋友们走了一趟京杭大运河，2个月，1630多公里，每日一篇走读随记发表在家乡的《乐清日报》上，到杭州时人晒得有点黑，也瘦了十几斤。

一个朋友曾经在微信里问我，你运河怎么走呀？我逗他说，这太简单了，用两只脚走，一步一步走，不能并步走，更不能倒着走。说笑归说笑，回头想来，走读运河还真是自己生命中的一段重要的经历。

在诗里我把它叫作"钱塘此去三千里，每步向前都是春"，出发的时候，北方寒意尚重，往南走就一天比一天暖和，每一步都走在春天里，每一步都向春天走去。沈从文说这个春天去看了一个人，我的2017年春天去看了一条河。

为什么要走运河

第一个原因,运河一直是自己心中美丽的梦。

像这样既远自秦汉又近在眼前,既蒙上天生成又托人力所开,既能走又能读的风景,京杭大运河天下无双。它比巴拿马运河和苏伊士运河都早很久、长很多,经历了千百年的历史塑造,有着太多的故事和丰厚的文化沉淀。

于我而言,走读一趟运河谋划已久,神往也已久,走的是一番心境。记得刚踏上华北平原时,眼前那一望无际、大地从脚下慢慢展开的气势,让我们这些南方来的人都很兴奋很激动。那天是在武清郊外的永定河边,看永定河慢慢流远,消融在这初春一马平川的华北大平原的灰色中,心里面那种自由、轻松、清新和爽快,似乎从来没有过的一样。

第二个原因,清斯濯缨,浊斯濯足。

重要的是退休后,要把自己心里的——不管是自鸣得意的辉煌经历,还是不堪回首的伤心往事——全部清空,一切归于零。所以要在运河里沐浴一番,让沧桑千年的运河水冲刷一把。

第三个原因,一种情愫或者说是一种社会责任心的释放。

对当前我们所处的社会发展阶段,我原来从乐清的角度出发,有个基本判断。从前工业时代到后工业时代要经历三个阶段,第一阶段我们已经过了。前工业化时代,它的核心价值是追求物质财富。古人讲福禄寿禧,其实背后还有一个很重要的"财"

字，福禄寿禧都得有财富、财力去支撑。这你就可以理解几十年来人们为什么拼命去赚钱的历史合理性了。

目前我们处在什么阶段呢？第二阶段。第二阶段是什么阶段呢？我把它说的白一点，即富起来了，但还没到贵起来的阶段。富和贵不是一个概念，富不等于贵，有富而贵的，也就有富而不贵乃至富而骄、富而庸、富而奢、富而贱的。

2010年的时候我写过一首小诗，叫"金钱已经不缺，满足的感觉在哪里？衣着光鲜，平和的脸色在哪里？学富五车，丢失的常识在哪里？"我这是英国现代诗人T·S·艾略特"1934年所问"的乐清现代版。

2010年距今又十几年过去了，这十几年间，变化也大。不少人开始寻求超越单纯物质享受的生活方式，寻求新时尚，寻求新的价值观，像马拉松、长跑等现代人的生活方式以及各种文化活动方兴未艾，所以我开玩笑说社会已进入第二阶段半了。

所谓第三阶段，其基本倾向应是从注重生活的物质性向生活的精神性转化。也有人说物质时代结束，精神时代来临，我认为至少是一半物质一半精神，比起金钱和物质，人们更加从内心深处重视精神层面的持久满足感，更多地将目光聚焦到生命价值与使命上，开始自觉反省人生意义，努力寻求在有限的生命里追求无限的人生价值。由奢回俭，返璞归真。如果按照佛家的话说就是"放下"，我已经意识到，"放下"是我们这一两代人、两三代人生活的主题。意识到了，就去做了。走读运河本来是个人的行为，后来为什么能引起那么多人的关注？其原因是社会性基础已产生，各方有共鸣了，一石方能激起千层浪。

印象特别深刻的事

首先是饮食习惯。在武清那天晚上有个菜叫"咯吱"，听来就好笑，一问原来是面食很韧很有咬劲，吃起来咯吱咯吱的就叫咯吱了。沧州有道菜叫"搁着吧"，没头没脑的但却有出处，也是面食。说是慈禧这老太婆到沧州了，喜来乐接待她，端上了这盘菜，老太婆正在给人说得起劲，随口就叫喜来乐"搁着吧"，金口玉言，就搁着吧了。

北方的运河都有大堤，但大多是泥沙土路，一脚下去一朵浮云上来，好几个晚上刷一次牙还不行，牙缝里的沙还有，躺下了还得起来刷第二次。4月初，过了徐州，天已开始热，那天是徐州往邳州走，太阳是最猛的一天，晒在身上如慢火游走，风卷黄尘和汗流，这经历和感觉也不知是多少年前的事了，使人想起了几十年前的夏收夏种。

而进入南方，那天我们从高邮往江都走，大堤的路面是松软的泥巴，看似好好的，踩上去却是一团泥泞，只好挑些长草的地方下脚。有一脚无一脚，一脚一泥泞的，但我们都说，这是另类的潇洒，是什么路就走什么路，依然看油菜花开，依然

前言

开心快活，路不平坦心平坦。

走得最苦的一天，是从河北的故城县经一个叫渡口驿的地方到山东夏津县。夏津是战国时期开"G20"的地方，这会盟以后，晋国坐上了春秋五霸的第二把交椅。历史很丰富，情绪很烦躁。一度发现自己像一只蝴蝶在飞，飘忽不定，看到一个很熟悉的人在前面不停地走，定睛一看，原来这个人就是自己。事前我曾问过行脚的僧人，也曾问过曾经长途跋涉的人，都说有出现烦躁、暴怒乃至灵魂出窍的情况，它不是腿脚疼痛、水泡刺痛那种身体上的不适，而是心上的难受，它会损伤你的意志力，当时我感觉到了。

事后我想从动身到今天，已经十几天了，这十几天走下来，新鲜感过去后，已有孤独和寂寞出来，单调重复，每天几十公里就一个"走"字，觉得这路是无比的长，目标是无比的遥远，自信心在下降。一个最熟悉不过的自己，慢慢地变成了自己最熟悉的陌生人，这大概就是所谓的主体变客体了，自己变成了自己观察的对象，变成了自己要克服乃至征服的对象。孤独和寂寞不是远离了人群，而是远离了自己。

所以一路上我们经常调侃此行是日里风里泥里汗里，也是诗里画里史里笑里三千里。每日很苦很累，但每日都快活喜乐。其实，"辛"是心里生的，属精神层面的，有辛才叫苦，没这个"辛"字，这苦仅仅是累一些而已，身外的，熬熬就过去了。一个"熬"字很重要，积极的熬里面有坚强、坚定、坚韧、坚毅这许多好的词，一个"熬"字里会找到生命的真谛,没煎没熬过的人生终究不成熟。

我很庆幸自己有此一行,不仅是身轻了,心也轻了。

别样运河风情及其他种种

一路上,就那些熟悉的地名,都能带出激情,勾出来自书籍中、电影里的记忆。比如塘沽、大邱庄、独流镇、微山湖、台儿庄等等。那天在独流镇,找义和团的纪念碑没找着,却突然想起当年文化部的五七干校就在这里,想起了郭小川的著名诗作《团泊洼的秋天》:"密集的芦苇,细心地护卫着脚下偷偷开放的野花。大雁即将南去,水上默默浮动着白净的野鸭。"一份美丽陡然生起,还有一缕沧桑阅遍、铅华洗尽的凉气。

有一天,早上从枣庄出发,走不多久,在路边看到一块很不起眼的小石碑,蹲下身子一看,原来这里就是黄庄,当年铁道游击队经常活动的地方,村东不远就是铁道,游击队在这里扒过火车、搞过机枪。

每当这时你就会有一种走入历史的感觉。走入历史什么感觉?心的游弋,脱离了当下,能令你兴奋也能让你宁静。有时候你会像缺电的手机,它是充电宝,靠近一会电能就充足了。

有人说北方的农村经济总体比较弱,这是事实。村庄无论大小几乎都没有餐饮店,这是传统农业社会的显著特征之一,

前言

农民都是在自己家里吃饭的。村里空落落的，青壮年打工去了，见到的多是老人和小孩。现代文明的潮流裹挟着希望和忙乱正在冲击和洗刷着华北、鲁西南和苏北这些古老而又辽阔广袤的平原大地。

其实，千百年来的中国故事有一半都发生在大运河边，当年中国最有本事的男人和最漂亮的女人像今天云集在北上广一样云集在运河边。德州的四女寺镇，曾是古时运河上的重镇，尤在明清时期，九河汇流，帆樯林立，商贾如云，一等繁华。但自晚清以后，随着京沪铁路的火车汽笛鸣响，运河漕运开始衰落，运河带来的繁荣也如流水无情地远去了。

但这一路上也有许许多多的事对我们触动很大。

在天津北辰区，有一家石雕艺术博物馆，从汉魏至明清的藏品都有。而让我们赞叹不已也感慨不已的是这个博物馆是一个叫王书玉的企业家私人办的，在与我们交谈时他说："我这个钱用得很值。"

静海区下面一个陈官屯镇，有一个陈官屯运河文化博物馆，馆不大，但从古至今的天津农村的风土民情纷来眼前。在该馆的介绍里写道："陈官屯虽然在空间上只拥有大运河的十公里，但在时间上却拥有她的全部。"这口气让人叹服也舒服。我看重陈官屯人对自己所拥有、被熏陶的运河文化的这份珍重并引以为豪的情怀。

苏北泗阳县城，城区人均绿地面积高达 12.8 平方米，城区每500米就有一个公园。运河公园、黄河古道森林公园,一个个都很漂亮很气派,绿树连城,俨然平原林海,有全国唯一的杨树博物馆,棉花博物馆。国家级重点镇3个,江苏省级的重点镇5个。一趟泗阳行,彻底改变了对苏北的印象。

丹阳又是另一类记忆了,她也有一个石刻博物馆,7800多件藏品,是一个丹阳籍的加拿大侨胞捐的。当地政府投资4个亿,800亩地,而且是块风水宝地,这可称得上是大手笔了。

关于朋友和白玛师父

我们这次走读运河,主力是三人帮,我一个,房宁一个,房宁是中国社科院政治学所的所长、研究员、著名学者。另一人就是白玛师父了,他来自青海玉树,藏传佛教年轻的佛弟子。我们的活动也得到了正泰集团的支持。老同学郑祥和是我们的"红衣总管",大有"兵马未动粮草先行"的味道。运河是出故事的地方,今后好事者终也会络绎不绝,但像我们这种天南地北、身份迥异的组合,可能就凤毛麟角了。

房宁教授脑袋里有鸽子,方向感特别强,所以他负责路线,每天晚上都得百度一下,做个功课。早上出门他都会说,往南走,大方向不错。到中午发现情况不对,问问路人,再找找百度,或许会说,啊呀调整一下,我们不走右岸了,往左往左。到晚上,都看见前头城市的灯火辉煌了,却发现是隔水相望,"妈呀,又走反了",还带点羞赧的样子,可爱极了。他乐观喜气,歌唱得不错,对着旷野会吼一段西北的什么调,最常唱的是那个《篱笆女人和狗》电视剧里的歌,迷迷瞪瞪上山,稀里糊涂过河。《观察网》发表了好多他来自运河上的考察报告,比如"华北平原上的最后一个农民"等等。

我重点讲讲白玛师父

在《呷依一日》一文中,我是这样描述他的,"白玛师父在十八岁那年,用一年多的时间磕长头,完成了自己的首次冈仁波齐的朝圣之旅。今年早春二月,我们沿京杭大运河走了一千六百多公里,读天读地,读古读今,我也读了一路的白玛师父。他嘴里常是这几句话,'我没关系''没事的''很好了',无论长路漫漫还是伤痛困顿,有他则万事喜乐。中午我需要在路边坐一会,或依树靠一下,算是午休,他一步也不会离开,温暖给我如同春光明媚。两个月的朝夕相处,白玛师父高尚如菩萨,纯粹似孩童,他善良、纯真及其对信仰的虔诚以至神圣般的执着,一次次地感动了我,使我有了一种体验,诚如梦参长老所言的'至诚的心生起'。"而我把白玛师父称为"稳定的力量"。有一次走了一段冤枉路,还有点冒险,惊悚过后,白玛师父劝慰大家:"过了就过了,过了就好了",天下事大致也如此,想明白了就轻松了、从容了。

走读运河

据说多年前，英国《泰晤士报》出了一个题目，问从伦敦到罗马最短的道路是什么？答案竟和地理线路无关，却是"一个好朋友"。这一路上，陪我们走上几天或者走一程的朋友近百人，沿途还结识了不少新朋友。富兰克林说，最能施惠于朋友的，往往不是金钱或一切物质上的接济，而是那些亲切的态度，欢悦的谈话，同情的流露和纯真的赞美。运河一趟我这感受尤深。所以到了拱宸桥的那天，我很动情，我说好朋友也是用来感动和温暖的。

目 录

前言：每步向前都是春　　　　　　　　　　　　　　　*1*

北京段

3月1日—3月4日

01	燃灯塔上，风铎鸣响	*2*
02	将走过整个春天	*6*
03	二分春色到河西	*11*
04	过北辰	*16*

天津段

3月5日—3月8日

05	夕访杨柳青	*22*
06	去了两个有名的村	*25*
07	大沽口上道古今	*29*
08	别津门，入青县	*33*

河北段

3月9日—3月12日

09	沧州城里，脚也不痛了	*40*
10	去看老纪和马本斋	*44*
11	今日走了八十里	*47*
12	吴桥看把戏	*50*

目录

山东段

3月13日—3月31日

13	满把黄尘入德州	*58*
14	董子园后面巷子里的饺子汤	*61*
15	四女寺的包子香	*64*
16	走得最苦的一天	*68*
17	大村也没有餐饮店	*71*
18	孤塔临河岸，峥嵘插碧天	*74*
19	临清第三日	*77*
20	两日三趟东昌府	*80*
21	夜抵东阿城	*83*
22	似乎都在书中走	*86*
23	客程一日过东平	*89*
24	夜宿梁山	*93*
25	他乡偏遇故乡人	*99*
26	游太白湖，上太白楼	*103*
27	水上南阳有清欢	*107*
28	小李庄上做客	*111*
29	微山岛自不一般	*114*
30	到了最美丽的古城	*118*
31	由鲁入苏	*122*

江苏段

4月1日—4月23日

32	一夜到彭城，过我黄楼下	128
33	路不平坦心平坦	131
34	邳州有银杏、王杰和古窑湾	136
35	走入了油菜花的天地	140
36	骆马湖上，雨雾空蒙	144
37	淮水东南第一州	148
38	洪泽湖上莽苍苍	152
39	细雨清淮里	156
40	一日尽在花中游	161
41	春雨相伴上了文游台	165
42	今日走的多是泥泞路	170
43	邵伯有个"大马头"	175
44	今作扬州游，我亦瘦西湖	178
45	京口瓜州一水间	181
46	满眼风光北固楼	188
47	这里的运河没堤也没路	192
48	沸井涌泉很神奇	196

49	到了瞿秋白的故乡	199
50	拜拜灵山大佛	203
51	二度来华西	206
52	春风连夜入姑苏	209
53	"红衣总管"过生日	213
54	拜访庙港老太庙	216

浙江段

4月24日—4月27日

55	踏入浙江地面	224
56	记住了嘉兴"三塔"	228
57	不胜今宵一场醉	234
58	千秋以上接精神	239

后 记　　　　　　　　　　242

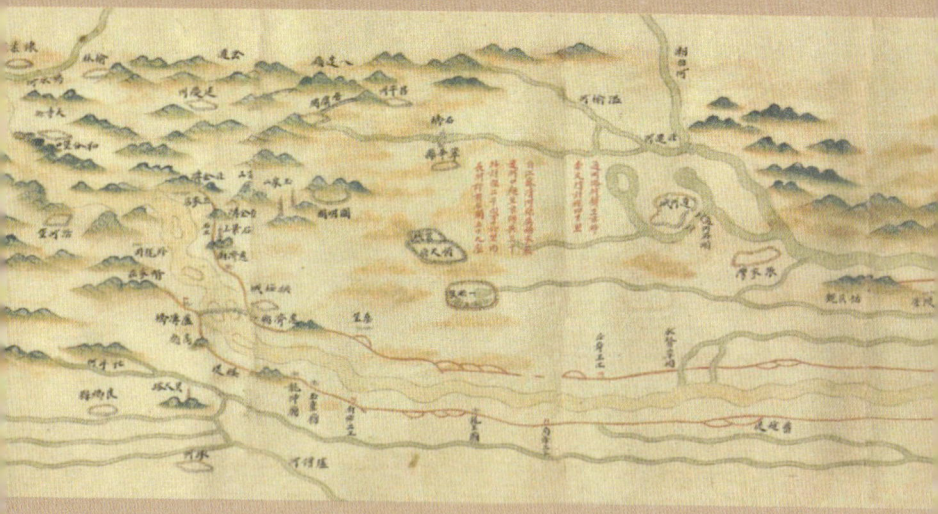

北京段占京杭大运河总里程的比例

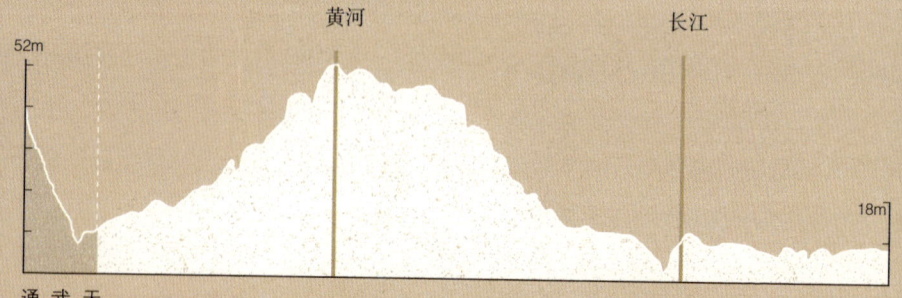

通州
北京
武清
天津
北运河

52m

通州 武清 天津　　黄河　　　　　　　长江　　18m

京杭大运河沿线地势剖面图

北京段

3月1日—3月4日

通州——河西务

河西务——武清

武清——天津

01
燃灯塔上，风铎鸣响

3月1日　丁酉二月初四	通　州
晴	

　　去燃灯塔已九点多了，衣服穿少了点，才进到院子里就跑出来，返回车上添衣了。这塔已有1300多年，是京杭大运河北端的标志，"一枝塔影认通州"，所以这塔也叫通州塔。今天的风有点大，塔上挂的几千枚风铎鸣响，让人激动，我甚至私下想这风铎是给我们壮行的。白玛师父在绕塔，"稽首佛足，右绕三匝"。他去年秋天从玉树徒步到拉萨，十八岁那年，他曾磕长头到拉萨，我们是十几年的好朋友了。这次将陪我走完全程，所以我称他为稳定的力量。有一老妪绕着塔在磕头。我则在跟灿总说着这风铎闲话：风小小响，风大大响，无风不响。灿总叫金顺灿，乐清人，在西宁做生意。

　　一千多年了，这塔可谓阅尽人间沧桑变化。老妪这么天寒地冻来磕头，是为了她的信念，我来则只是在它的风尘足

燃灯塔

下转个圈，但也并非全部如是。个把小时，历史的、宗教的感觉都出来了，强烈地浓缩在"渺小"和"短暂"二个词中。

下午三点多去张家湾，古时的大码头之地，当年曹雪芹家的当铺就开在这里，我们看的是通运桥和一段古城墙。通运桥民间也叫萧太后桥，桥下是萧太后河。桥面是大条石铺的，映着油光，车辙很深。望柱上的石狮子有少胳膊缺腿的，有一只还是没头的。城墙下几个老人在聊天晒太阳，告诉我们说，过去这河水很清，现在这河水污浊。

"张家湾是个写在历史上的地方"，一位胖胖的老人这样说。他说这里有过几场影响中国历史的战争。徐达在这里

张家湾古城墙下的居民

打败元兵，攻进北京城，从此元朝没了，明朝建立。1860年，英法联军在这里与清军大战后，一直打到城内的八里桥，北京也输了。老人很健谈，但京东地方的口音也重，不少话我们听不大懂。

夕阳西下时，我们去了曹雪芹的雕像园，风很大很冷。雕像是青铜的，雕座上有一首诗，经查是著名红学家冯其庸作的，"草草殓君土一丘，青山无地埋曹侯。谁将八尺干净土，来葬千秋万古愁"。

房宁教授早上从朝阳门出发，沿通惠河过来。他是搞政治学研究的著名学者，他说这次要"捎带着考察运河的农村社会"，一件天蓝色的冲锋衣，一个双肩挎包，精气神儿十足。

晚上陈昌旺、张献华从北京过来设宴送别。梅尧臣说"唯酒可饯行"，我却是滴酒不敢沾，前路正远呢。

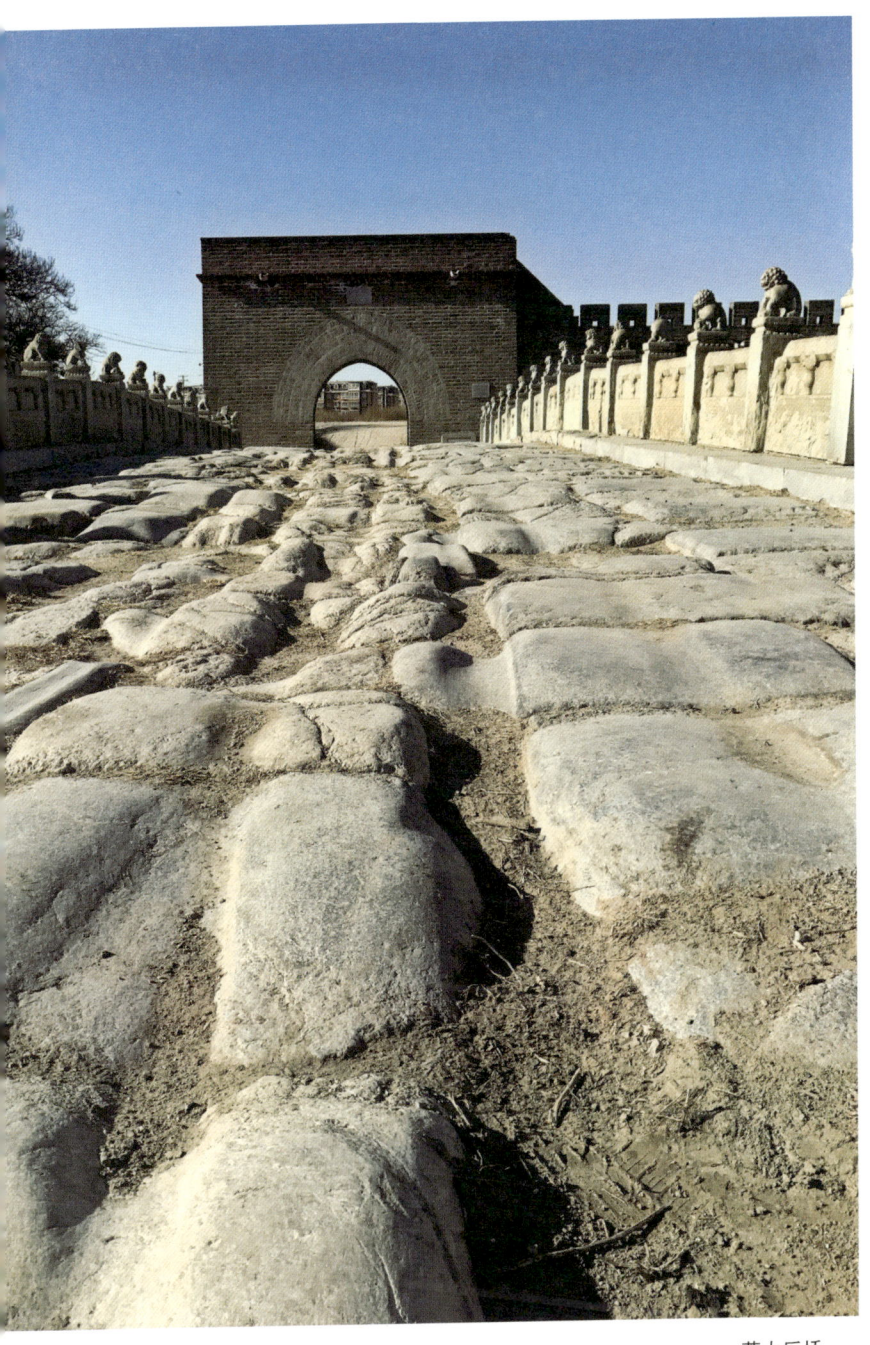

萧太后桥

02
将走过整个春天

| 3月2日，丁酉二月初五 晴 | 通州到河西务镇 |

一早，陈建克、廖毅和正泰集团几位朋友来通州运河码头为我们送行。天尚寒，但太阳很好，河水湛蓝湛蓝的，岸上树影婆娑。建克总说此去杭州近1800公里，将走过整个春天。建克是正泰的副总，我们喜欢称他为"建克总"。我也这么想，这一路由北而南，由冷而暖，每步都是朝春天走去。我送了一首诗给建克，也是给自己这班人壮行："总愿太阳日日新，太阳高照欲行人。钱塘此去三千里，每步向前都是春。"

9点多，我们正式启程，沿运河东去，河面金光闪烁，空中温柔宁静，我的心却兴奋雀跃。在家乡为官几十年，退下来了，轻松了，但也有些许失落。人总是有这样那样挂碍的，说起来云淡风轻，其实并不是那么回事，大话好说，小事难

途中

做啊,所以我要借这千年的运河水洗刷一把,使自己彻底轻松起来。我跟朋友们说,但愿这趟是放下之旅,是自在之行,一路南下,希望减去的不仅仅是身上的衣物,变化的不仅仅是肤色。

半小时后,我们走出运河公园,到了一个叫武窑的地方,这里应该是通州的郊区了。看左岸挖的坑坑洼洼,我们便沿右岸走,却被一条小河沟拦住了,倒转回来走104国道,车流滚滚,我们加快了脚步,余立平和金顺灿每过一会儿得小跑一段才赶上,余立平是今天大早从天津过来的。后来发现这一段我们走错了,左岸才是我们要走的绿道。白玛师父双手合十,口中念叨:阿弥陀佛,过了就过了,过了就好了。

午后1点半到漷县镇,在公路边一家叫"南米北面"的小店吃中饭。西集镇沙古堆村的孔支书过来接我们去他的村里做客。沙古堆就在运河边上,是个樱桃专业村,他带我们

老读笔河

通州运河公园里的行人

去看了一个樱桃大户,大棚里的樱桃花开得德正盛。村里的房子都是砖墙瓦顶,新旧不等,高矮不一,大的人家有院子,有门楼,有厢房,也有的独门独户,无院无落。隔壁的儒林村是刘绍棠的故乡,刘先生的书我读过,庄一句谐一句正一句反一句的。房宁教授给我说了一个故事,刘绍棠1957年被打成右派,后来平反,1979年又被点名批评为左派,再后来中风了。刘说自己右过左过但没中过,等来一个"中"字居然是"中风"的"中",老人达观可见一斑。在他的墓前,我恭恭敬敬地向这位文学老前辈鞠了三个躬。

下午冬阳和煦,几十里的杨树林逶迤连绵,杨树下覆盖

出发 赵乐强,房宁(后左)白玛(后右)

送行

着薄薄的枯叶和枝蔓小权,路就从这林中穿过。风在林梢鸟在叫,要诗情有诗情,要画意有画意。途中休息时,从后面追上一个大娘声言要告状,自报家门姓甚名谁,告什么人什么事,一清二楚,口气坚定,大娘把我们看成是干部下乡了。事前看路边新种的树比插秧还密,甚至连个坑都没挖下去,我们正惊诧其豆腐渣的竟如此明目张胆。我们问她这树跟你有关吗?大娘说,无大关系,但看不下去。记不起是哪个名人说的,在一个转型时期,最可怕的不是坏人太嚣张,而是人们太沉默。时下,"无可无不可"渔父式的人太多了,这老太太却令人刮目相看。

  首日33公里,教授说万事开头难,不宜再走了,我感觉也有点累了,立平兄鞋不合脚,走起来已经一拐一拐,我则是一坐上车歪头就睡着了。

03
二分春色到河西

| 3月3日，丁酉二月初六 晴 | 河西务到武清 |

　　早起看河西务的街景，天晴风和，空气却不怎么好。一条公路穿镇而过，沿街店铺倒也相连，只是品相都一般。该镇在北运河西岸，隋炀帝时就已经有了，后来官府在此置钞关、驿站以及武备，改称河西务。河西务的钞关是中国最早的海关之一，"两岸旅店丛集，居积百货"，《醒世恒言》就有明宣德年间河西务的故事，被誉为"津门首驿"。不过这些都是明清以前的事，至眼下名称依然，繁华却留在历史上了。

　　今天走的是北运河西漫水路。为什么叫西漫水路？问了几个当地人，他们也说不明白，私下揣摩或许运河发大水时曾屡屡浸漫大地。

　　北方的春天来得慢，虽然气温有点回升，但树头仍未见

筐儿港凤河

动静，看去都黑乎乎的，地里也一样，全不见绿色。走进了两个村庄，或许时近中午，村子里很安静，偶有鸡鸣犬吠，却是熟悉的声音。村里全是平房，一字排开，红砖墙红瓦屋顶，没有特别讲究的房子，也没看到旧房子，我们笑称这是初级阶段的初级新农村。

村里人很少，看到的也多是老年人和妇女，农村空壳化这词有点冷峻但也确切。房子是壳村子也是壳，有人在，村

霍屯村

是村庄是庄，没了人这村便了无生趣，仅剩下个壳，这壳也是空的，这话题就有点沉重了。路边墙外，随处可见摆放着的一垛垛玉米，它那散发出的金黄色的光芒，是这时村庄里最亮丽的风景。

不远的霍屯村则又是另一个样子，这是一个老村，村口有几座大房子，高大的围墙虽然风剥雨蚀尽显沧桑，但那粗犷豪放的气势还在。人照样不多，村民以为我们是政府派来

路遇

搞规划设计的,一个中年妇女追着问房宁教授:"碍事不?"教授说不碍事,运河建设美丽了,人来多了,生意好做了,收入就会多。从村民的关切中看得出来,古老的运河在向时代迈进的躁动之中。

下午四点多,我们到了笥儿港,这名称很土但很古老,又因为旧时这里建有八孔截水闸,这地名也捎带就叫八孔闸。北京燕山有条龙河,有条凤河,龙河由西向东,凤河由北向南,一南一北,遥相呼应,双双进入武清和运河交汇,这里的腾蛟起凤不用带形容词。康熙皇帝的题词是"导流济运",乾隆在爷爷的后面加了个"还"字,"导流还济运"。这"还"一直到现在还在"还",时下闸已早非八孔,新旧拦水闸加上现代的分洪闸、排污节制闸等等都几十孔了。只见湖面宽阔,波光粼粼,十分秀丽。去年5月我和高胜飞、陈建明和

河西务镇北运河

  蔡雍、小谢曾沿凤河木栈道走过,那时荷叶茂盛,树荫连绵。此番是迥然不同的两番景象,春天正待破土,万物静待花开。

  五点半抵杨村镇。杨村是武清的市区,也是房宁教授的祖籍地,受到了他的亲戚们的热情款待。有一道菜吃起来咯吱咯吱的,菜名就叫"咯吱",这让桌上添了不少话题。武清的"佛罗伦萨小镇"早有耳闻,晚餐后我们去了,但到门口下车时人家正好关门。

04
过北辰

| 3月4日，丁酉二月初七 | 武清到天津 |
| 晴 | |

天还是那么无精打采，灰蒙蒙的。上午8点半，我们去武清博物馆。古人有"潮不过杨（村）"之说，晚清文人李庆辰的《醉茶志怪》有这样一段话："每潮溢时，御河潮至杨柳青止，北河潮至杨村止，西河潮至杨芬港止，过此无潮。"杨村可也为不凡之地了。房宁教授以武清为祖籍地而颇为沾沾自喜，我调侃说他的曾祖父厉害，知道你日后要在北京上班，早早就迁过去了。

武清历史上曾叫过泉州、雍奴、雍阳等名字，唐天宝元年改称武清县。关于武清其名的由来，一般的解释是"武清取武功廓清之义也"。我们在武清博物馆里见到还有一种解释，"清河自章武来，武清盖因清泉河、清河得名"，因此有一种解释也叫"名含章武清河，意寓武功廓清"。

北辰双街村

    10点左右我们离开博物馆，由光明桥向西沿武清市区的运河公园走了2公里，半小时后踏上北运河西堤路，往天津北辰出发。河面较之昨天河西务到杨村这段宽了不少，河岸道路清爽，隔三岔五建有观水平台。永定河在这里穿过北运河，因此建有一个三孔水闸，我们在此歇息了一会儿，看永定河慢慢消融在这初春华北大平原的灰色中。

    在永定河和北运河之间是老米店村，横穿老米店村我们走了半个来小时。一条像街又不似街的道路穿村而过，边上摆着一些杂货铺、豆腐摊、熟食摊。我们在一个菜摊前面站了一会儿，数了数小鱼干、豆腐皮、花生米、黄瓜黄豆西红柿什么的，大约有二十多样，每样都装灰颜色的尼龙袋里堆在铺板上。这哪里是卖菜摊，活脱脱一个旧时柳市街头的草

武清河边

药铺呀！由市面上卖的东西看这地的经济，农民的收入应当还比较低，一路上看到好几个人的脖子下面露出好几件外衣的领子。

  到北辰已近下午2点，立平兄约了北辰区人大常委会的崔主任和区政协秘书长与我们见面。崔主任见面便对我们说，听说了你们要走读运河，很是感慨，有什么需要帮忙的，请只管提出来。房宁教授说，那好，当我们走完运河，要在杭州开新闻发布会，请你也过来，崔主任说一定来。他是北辰人，下过乡，在大庆当过兵，人很热情，他把长期研究北辰和北仓、北运河历史的胡曰钢老先生请过来给我们作介绍。

  四点来钟我们一行人去了屈家闸，这是一个大枢纽。永定河、北运河在这里再次交汇流入海河。毛主席提出要根治

过北辰

夕阳下的行走

海河后，又开辟了新永定河，引滦入津新引河也从此处过，多位国家领导人都来视察过。

傍晚时分，我们到了北辰双街村。河面上金光闪耀，岸边停着一条石舫，比颐和园的晏清舫都精美。临水是御紫公园，有十几个妇女在那里跳舞，孩子们也不少。依次望去，全村高楼林立，我们说这是初级阶段的高级新农村。

吃饭之前，我们还去参观了一个私家的石雕艺术博物馆，这其实应叫古石雕收藏馆。还真不容小觑，汉魏唐宋元明清的圣旨石碑，皇室宫殿的石础石柱、北魏的石佛，以及不同朝代的石虎石狮石羊什么的都有。其中一头唐代石狮子与我迄今为止见过的所有石狮子都不一样，昂首挺胸、眉骨深锁，两爪扒地，筋骨突起，合口露牙，不可一世。它身后是一头宋代的，相比之下就显得有点扭捏作态，霸气全无了。

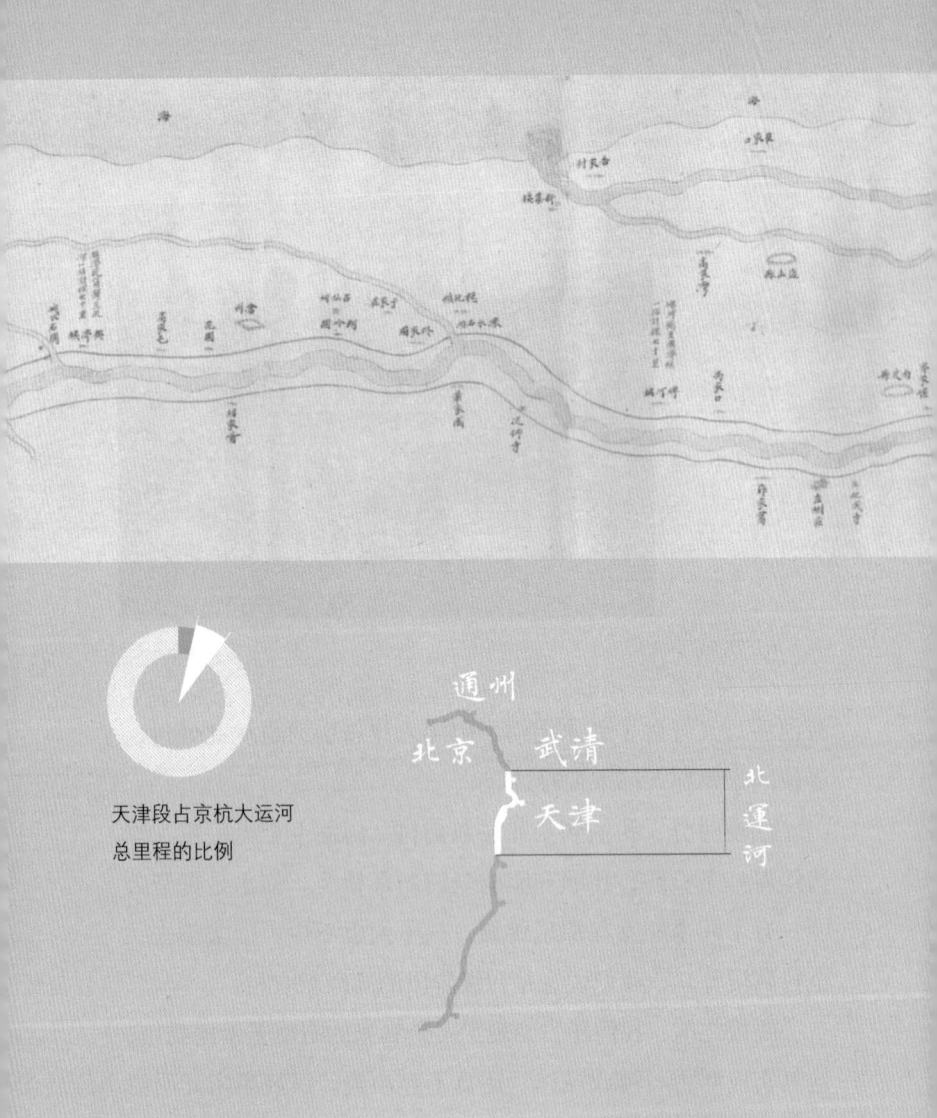

天津段占京杭大运河总里程的比例

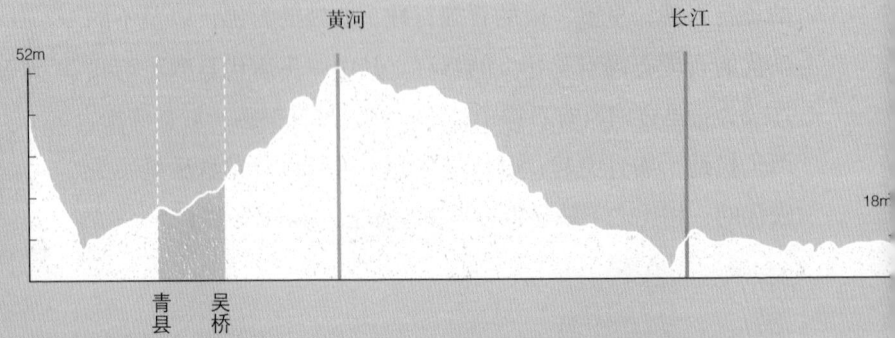

通州
北京　武清
天津　北运河

黄河　长江

52m

18m

青县　吴桥

京杭大运河沿线地势剖面图

天津段

3月5日—3月8日

天津——青县

05
夕访杨柳青

| 3月5日，丁酉二月初八 晴 | 天 津 |

上午9点我们参观天津市博物馆。崔锦先生是这里的老馆长，由他陪着我们可是长知识了。在"中华百年看天津"的展厅里，解说词提到三次大沽口之战时用了"英勇悲壮"一词，可在我脑海里打圈的是"悲壮"二字。第一次大沽口之战是1858年5月20日10时打响，12时南岸炮台便失守，连总督驻扎的海神庙同时丢了。隔6天，英法联军就兵临城下了，28日谈判，商量赔偿，1个月后《天津条约》签订。此战英军战死5人，法军战死8人，中国战死者竟高达291人。国运颓唐，其败也狼狈不堪。但我记得"人在大沽在，地失血祭天"这铮铮誓言就出自大沽口之战中，只是哪位将领说的，想不起来了。

下午稍迟访杨柳青镇，它以中国木版年画闻名天下，有

穿街戏楼

"沽上小扬州""北国小江南"之称，来天津不去一趟杨柳青，总会感觉缺了点什么。我想象在这个工业化的大城市里，杨柳青的节奏应该是慢一些的。我们沿运河过去，一座仿古的青石牌楼当街而立，气势恢宏，穿街戏楼则是清一色的青砖灰瓦，磨砖对缝，工巧华丽。不远处就是有着"天津第一家""华北第一宅"之称的石家大院，一条从南向北的甬路上，五座门楼一座比一座高。院中有院，院中跨院，院中套院，规模宏大，建筑精美。

走读运河

　　石家大院的边上则是一家卖臭豆腐的小店，打着十分夸张的广告，喇叭里一声声"臭豆腐"，被叫得起伏跌宕、接连不断，听起来荒诞不经，看起来却像街头小品，你过了好长时间想起来还要笑。"第一家""第一宅"的石家大院边上什么不好摆，却偏偏摆个卖臭豆腐的，但我从中也体会到了天津人爱热闹的特性以及其骨子里的幽默和诙谐，天津可是中国最有自己文化性格的地方。

　　祥和兄从上海过来，傍晚的时候到，队伍中多了一个热闹的人，他是我的高中同学，请他过来当我们的"总管"。晚上立平盛宴为大家接风，他是老家象阳人，在天津经商三十多年了，他三月三日那天一大早到通州陪我们出发，已走了四天。

　　饭后是我们夜游海河的时间。天上灯火辉煌，水面光芒闪耀，这条美丽的河流上，天津卫的旧建筑和这几十年拔地参天的新建筑构造了这座城市的独特的风情。依偎一起的青年男女、淡定的垂钓大爷和我们都是这风情之一种。半夜写得汉俳一首：入晚几分痴，扁舟灯火中流里，载我酒和诗。

06
去了两个有名的村

| 3月6日，丁酉二月初九 晴 | 天　津 |

再次去大邱庄。上次是去年5月份，老朋友刘云友已在村口等了，还特地叫上学区的胡校长一起陪我们，他俩是本地人。

大邱庄在天津静海区，1993年前是村，后来升格为镇，20世纪90年代红得发紫。胡校长告诉我们，那时村民认为已经进入共产主义了，人人有工作，住房、医疗、孩子上学乃至家庭安装电话、孩子喝牛奶都是公家钱。禹作敏的《大邱庄变迁记》写于1990年，现在仍然刻在村口九龙壁的后面。他说老的大邱庄"一是土地盐碱，二是文化落后。宁吃三年糠，不嫁大邱庄"。

我们在"天保九如"大牌坊下车，这牌坊和老村口的九龙壁是大邱庄标志性的建筑。"天保九如"取自《诗经·小

大邱庄

雅》的吉祥语，祈愿福长寿绵用了九个"如"。像"如月之恒，如日之升，如松柏之茂"等等。但老天没保住禹作敏，一个急剧变革的时代，容易造就人也容易毁掉人，有让你飞升的平台，也有让你跌入大劫的深渊。禹作敏飞升过，但没逃脱劫数。我们去了禹作敏的别墅，人去楼空，了无生趣。我竟然冒出了"祭坛"这词，好无厘头，却也唏嘘不已。

　　我为什么两次来大邱庄？说也简单，戏没赶上看，就看看它的舞台和舞台背景。

　　告别大邱庄后，我们直接奔陈官屯运河纪念馆而去，周一照例闭馆,但当馆长听闻我们是从北京徒步下来走读运河的,便热情地打开了大门。馆不大,但正如"山不在高,水不在深"所对应的有仙有龙一样,斯非陋室,其布展令人惊叹,以小见大,从古到今,既清心又怀旧,天津农村的风土民情纷来眼前。我们给馆里赠送了为这次"走读运河"特制的一个小匾。

赶在午前我们到了双塘镇的西双塘村。村口的彩绘牌楼既高且大,信心和自负全写在上面了。广场上有座九层塔,塔座有点像天坛的样子。一条文化长廊东西横贯长约千米,写着古人的经典语录或诗词。我们在村里转了一圈,也用心记下他们的建筑物。一条古街和一条书画街,一个蒙古大营,一个凤凰湖和荷花塘,一个生态园,一个生命纪念公园,一个凤凰台文化广场,一座大剧院,一座娱乐城,一座老年城,一家五星宾馆和维拉庄园,还有一座西美纳斯小镇,村民全部住进了别墅。敢说这村没有一寸土地是旧的也没有一间房子是老的,朋友说这里天没改地是全给换新的了。我看天也已换新的了,西双塘人看问题及思考的方式早就已经变了。我们一路唧叹不已,但心里的疑团也不少,这用地都能审批吗?这大量的资金是如何筹集的?还真能跑步进入共产主义?

在村子的文化中心一楼,摆满了毛主席的大像章,直径2米的共有28个,当时全国29个省市,除台湾以外,一省一个,铸造时间都在1968年,据像章收藏者傅云水先生介绍,这些都是当年用来庆祝各省革命委员会成立游行时用的。为什么直径都是2米，傅先生说这是有规定的，什么规定、哪里规定的他说不上。小一档是1.4米的，傅先生说这是地市一级的。他妹妹说，"我们热爱毛主席，几十年不遗余力地收藏他老人家的像章，保佑我们西双塘发展得如此好。"

与西双塘仅一河之隔的是东双塘村，街道破旧，矮房土墙，村中多泥路。据说当地有个顺口溜："上有天堂，下有苏杭，除了北京，就数双塘。"可仅隔一条小河，东西双塘的"差别咋就这么大呢？"

饭后我们去了独流镇。独流的醋很有名气，最近媒体却都在讲他们假醋的事。镇政府门口挂的牌子比我们市政府的都大。我们想去看一下义和团起义的一个纪念碑，转了好几个地方就是没找着，却突然想起了团泊洼，想起了郭小川的著名诗作《团泊洼的秋天》："密集的芦苇，细心地护卫着脚下偷偷开放的野花。大雁即将南去，水上默默浮动着白净的野鸭。"一份美丽陡然生起，还有一缕沧桑阅遍、铅华洗尽的凉气。团泊洼就在独流减河旁的一个地方，当年文化部的"五七干校"就在这里。

夏伟平今晚从贵阳飞来，夜近12点了才到饭店。以他之忙说要克服困难陪我走完全程，仅这份心意已是令我十分感动了。

07

大沽口上道古今

| 3月7日，丁酉二月初十 晴 | 天 津 |

三次大沽口之战，在中国近代史上留痕很深。上午我们到大沽炮台时，风有点大，站在炮台遗址上往东望去，海河的入海口已不在炮台脚下，退得很远了；太阳灰蒙蒙的，泥土、草木都灰灰的带点黑。对着锈迹斑驳的大炮和杆上残破的旗帜，是一种说不清的惆怅。

在纪念馆，我对嘉庆皇帝的一份上谕来了兴趣。介绍说嘉庆皇帝在1816年就下令"复设水师营"，那是阿美士德带着他的使团在大沽口登陆的当年，阿美士德就是那个见中国皇帝说单腿可跪、双腿不行的英国人。这时离第一次鸦片战争还有24年，清王朝处在康乾盛世的尾上，余威尚在，你不跪我就不见你。

嘉庆皇帝没想到，其后的1840年与英国人打了鸦片战争，

大沽炮台遗址

签订了割地赔款的《南京条约》。香港被拿走了，当然彼时香港非此时的香港，无非南海边上的一个小岛而已。同样，赔了钱即使巨额赔款，对庞大的清王朝来说，也不是大问题。所以我说，第一鸦片战争，伤的不是中国的根本而更多的是面子。但是，1860年英法联军打下大沽口，火烧圆明园，把中国直接打成了半封建半殖民地，这比20年前的那场鸦片战争严重多了，打到骨子里了。但即使如此，于中国这样的大国，重新崛起还是有机会和希望的。事实就是如此，从1861年开始，持续30多年，清朝出现了一个相对稳定的发展时期，

大沽炮台遗址

史称"同治中兴",有了"洋务运动",有了北洋水师,出了曾国藩、李鸿章、张之洞、盛宣怀、张謇、左宗棠等一批杰出人物。但是1894年中日之间爆发的"甲午战争",中国输给了千百年来仰视自己的蕞尔小邦,这是要命的事,清朝的脊梁给打断了,这也注定了中华民族百年耻辱、积贫积弱的命运。

从炮台下来后我们去了滨海的航母公园。这里停着原苏联的"基辅"号航母,它虽流落他乡却也是庞然大物。祥和当过海军,他兴致很高,或许这里的某一种气道又勾起了他的水兵情结。白玛师父则说,但愿所有航母都是用来看看的,

航母公园

当和平航母,可不能真打呀。

出来时已一点多钟了。立平兄在津门多年,为人笃诚厚道,人缘好,当天来了三位塘沽当地的朋友,拉我们去吃了一顿渤海的海鲜大餐。

下午拜访王书林的合众公司,书林是乐清芙蓉镇人,企业在天津创造过骄人的业绩。记得 2012 年元旦,专程过来到他公司庆新年,我作为他家乡的领导过来捧场,台上台下欢歌笑语,此情景恍如眼前。

08 别津门，入青县

| 3月8日，丁酉二月十一 晴 | 天津到青县 |

昨晚天津诗人赵联珠先生赠我一首七律，早上起来第一件事，便是写一首七绝回赠，人家56个字，我才28个字，还欠他一半，"举杯恨不到天明，醉倒津门气也平。却道留些同梦里，新诗待记梦中情"。

早餐后，访问南开大学周恩来研究中心，参观了周恩来邓颖超纪念馆。周总理有一幅字写的是，"适当的发扬自己的长处，具体的纠正自己的短处"，虽只二十个字，却是别有洞天。长处适当发扬就不会锋芒太露，短处具体纠正，则不会文过饰非。

结束了在天津的三天休整和活动，我们动身去九宣闸，然后去河北青县。九宣闸是运河上一个重要闸口，位于天津与青县交界处，因天津古时被称为"九河下梢"，所以"九宣"

南开大学周恩来邓颖超纪念馆

也就有宣泄九河之水的意思。九宣闸建于光绪六年（1880年），至今已137年了。李鸿章的"运河靳官屯牐记"碑就立在边上，开篇便说"津郡地处九河下梢，三泛即淹，有川而无泽。每当伏秋，河水盛涨，众流荟萃，数百里浩淼汪洋，一望无际"。碑文深细简约，纵洒横泼，行文叙事，文采洋溢。至于其字既有柳公权的骨力遒健，又有颜真卿的中宫宽绰，一百多年过去了，风韵依然，魅力犹存。看这碑这文，连同这粗犷的闸口，静谧的中午，几个欲行人，你会有一种感觉，是穿越的感觉，历史变得很具体很真实。我乘兴又写了一首七绝"过九宣闸"：安澜首治水猖狂，一闸泰山石敢当。推想百年多少事，中流尚立李中堂。

别过了余立平，我们沿着马厂减河南下，河堤平坦，河道弯曲。那天在北辰胡曰钢老师说"三湾抵一闸"，三道水

地里的农民

    湾能当一道闸门，弯曲对水流有缓冲作用。天上是浅灰浅白色，树枝黑色，望去如剪影如黑白画，我想起了家中那幅剪纸大师张树贤先生送我的作品。

    每走五六公里，我们就随地歇息一会儿。我的左腿膝盖内侧韧带发炎，疼痛难受，这是几十年的旧伤和顽症了，前晚立平兄也请天津的名医来看过，扎了一针，放了点瘀血，我问医生，就这痛着也走，会瘸掉吗？医生说一般不会。一般不会我就一般地走，但是，步子迈得小了，有点凹凸的地方就要特别小心，这痛点偶尔像针扎一样来几下，让你龇牙咧嘴。但得忍着，一个团队需要精神，精神当中有一道东西叫意志，此行少不了有伤有痛，万难也得坚持。

    平原的落日很壮丽。晚霞比朝霞少了点水气，红的透亮，人像在舞台上走动，带着光芒，运河的水金色闪烁，一切都是那么古朴温润。地里的农民停下手中的活，拄着锄头看我们，我们也看他。什么叫美？什么叫风景？我看有一点，就

老读运河

马厂减河边

别津门，入青县

青县村庄

是该出现的时候出现，比如此时的我们和农民，这通红的天地间因为有了我们，这风景如画，而且活了。

到青县县城已是夜幕降临。晚餐却有特色，是正泰集团河北办事处主任刘鹏找的点，桌上摆着18盘都可生吃的蔬菜，正儿八经原生态的绿色植物，这也是我平生头一次。中间上来一道菜叫"搁着吧"，面食做的，传说是慈禧太后来沧州，名医喜来乐给她上菜，她随口说"搁着吧"，菜本无名，金口一开，就叫上了。

住青县盘古宾馆，它的另一个牌子是青县招待所。

河北段占京杭大运河总里程的比例

青县
沧州
吴桥

南运河

黄河　　　　长江

52m

青县　吴桥

18m

京杭大运河沿线地势剖面图

河北段

3月9日—3月12日

青县——沧州

沧州——东光

东光——吴桥

09
沧州城里，脚也不痛了

| 3月9日，丁酉二月十二 晴 | 青县到沧州 |

出来已是第八天了，今天是第一个无风日，但太阳也无精打采的。

青县县城比我们想象的要好，街是街道是道。出县城2公里，便见万里平畴，连稍高一些的大土堆都没有。沿海多岙，冀中多庄，庄与庄相隔都较远。今日经过的几个村庄，比昨日看到的要好一些，但人都不多，过于安静反而像半睡未醒似的。

走了10来公里，已是11点差不多了，恰好是出发时约好的苏家院村，小谢的车已停在转弯处。腿伤又痛了，似乎多迈一步都不行。教授、师父和夏伟平他们继续前行，我坐车去兴济村，约好在那里会合吃午饭。

村里很安静，正午的太阳很暖和，铁锈红大门下的小狗

沧州城里，脚也不痛了

途中歇息

躺着一动都不动。桥头有小贩在吆喝，低一声高一声的听不大明白，后音拉得很长。一下子恍如回到了童年，这情景太熟悉了。这也应是一种乡愁，它突然会勾起你心中某种莫名其妙的东西。

　　中午饭就在路边小店里吃。一路走来好像没见到过哪个村有餐饮店，兴济是个大村，但店堂很小。洗手盆就在进门的地方，墙角堆满空酒瓶。老公当大厨，妻子递菜跑堂，但肯定是当家的，一句就是一句，多一句也没有。眉毛细且弯，房宁教授给她起了个雅号叫沧州眉。盘子很大，料足也便宜，八个菜两个汤加两瓶啤酒，二百六十元都不到。沧州眉过来结账时问三瓶啤酒都喝了吗？和兄说三瓶喝了二瓶，多了一瓶，一共四瓶。见我们开心她才笑一笑。

　　饭后我依然坐车到沧州，房宁他们继续徒步。夏伟平说

41

走读运河

今天巴不得走他个50公里，白玛师父说："不要急，不要急，还早呢！"到晚上这句话就成话头了，夏伟平半路走不动，让人去接他回来。

下午三点，我与祥和叫了辆的士去东关看沧州铁狮子，铁狮子很有名，是后周时期的文物。甫一上车，突然觉得膝盖不疼了，我就跟祥和讲："神了，我的腿一点也不痛了，就是刚才，一下子就不痛了。"晚上回饭店时却见白玛师父在流鼻血，房教授告诉我三点来钟白玛师父的鼻血像在冲似的，路面上都被冲出一团红。我的脚不明不白地突然不疼了和白玛师父毫无征兆地流鼻血竟是如此的巧合，真是无巧不成书呀。

到景点已迟，门都已经关了，我们给了看门的五十块钱便进去了。铁狮子站在一个二米来高的台座上，"爪排若锯，牙列如钩"，怒睁双眼，张着大口。《沧县志》载，其"高一丈七尺，长一丈六尺，背负巨盘"。据现在有关材料介绍是通长6米5，通高5米48，古人说高一丈七尺应该减去背上这个莲花盘的70厘米。当年很雄壮威猛，时下却全身都是裂缝和残洞，锈迹斑斑。它本应该在窗明几净的博物馆里养尊处优才是，偏要在这里受风吹雨打之罪，有名的东西也身不由己呀。

出得门来，守门人指着不远处一段稍高于地面的遗址说，这里原来是沧州的旧州城。沧州是林冲刺配充军的地方，施耐庵把沧州写得很荒凉。沧州古来为武术之乡，连吾乡文

沧州城里，脚也不痛了

问路

质彬彬的陈斌医生都说自己早年在沧州学过八极拳和半步蹦拳。

晚上住沧州阿尔卡迪亚国际酒店，也是正泰刘鹏帮我们订的，他找了熟人，五星级酒店260元一夜，还含早餐。

10
去看老纪和马本斋

| 3月10日，丁酉二月十三 晴 | 沧　州 |

今日决定在沧州休整一天，去献县和沧县看看纪晓岚的故居和抗日民族英雄马本斋纪念馆。两地古时候都属直隶河间府。

纪晓岚是献县崔尔庄人，从镇上过时我们没有下车，公路边看到最多的是红枣的广告，有本地的也有新疆的。10点来钟我们到了"纪园"门口，当地人告诉我们这里就是纪晓岚故居，一对石狮子，几棵老槐树，柱上是黑底金字的对联。上联是"万卷编成群玉府"，下联是"一生修到大罗天"。帝王的藏书之处被称之为"群玉府"，"大罗天"则是道家的最高境界了。对联落的是梁同书的款，梁是清代的著名书法家，跟纪晓岚是同龄人，一个1723年，一个1724年，这联明显是复制的。进门拐个弯铸有一根大烟枪，1.8米长，很

去看老纪和马本斋

夸张,黑乎乎的像条排污管道,纪大烟袋果然名不虚传,连那铭文也是,"牙首铜锅,赤于常火,可以疗疾,可以作戈",十几年前看过直记到今。

夏伟平喜欢八卦,说老纪真可怜,没有老婆只有一个杜小月。讲解员纪姓,也是个风趣人。说我有老祖奶奶的呀,而且不止一个还有仨呢。"那杜小月干什么去了?""在电视上让你看呀!"不愧为铁嘴铜牙的后人,"才不呢!"纪姓女讲解员说,"纪晓岚没铁嘴铜牙,他是个有点口吃的人好不好?"不知她为太祖爷爷争名还是争利,反正她是认真的,并向着伟平说"他像你一样,矮矮的胖胖的,戴副眼镜",出门在外,但愿碰上的都是有趣的人和有趣的事。

至于谁是纪晓岚的老婆,她叫杜小月还是沈明轩,老纪近不近视,口不口吃,祥和兄说得直白,这没半毛钱的关系。倒也是,不闻不问可以省去很多事,现在的人心思多,瞎操心也多。我起了一个有趣的话头:哪些事与你有关系哪些事与你没关系,弄清楚有关系还是没关系却是有关系。比如我与纪晓岚,我是他150年后出生的人,读过他的《阅微草堂笔记》,这就是我们的关系,仅此而已。再从《阅微草堂笔记》的行文笔触,我们逐渐体会出,一个人年轻时的文章有激情有温度,老了会变成喜欢散讲,喜欢讲些道理,温度会慢慢变弱变冷,这是又一种的关系。

在纪园里我看到袁枚《随园诗话》上的无名氏批语,说纪"少年纨绔,无恶不作。尝考四等,为乃父所逐出",老

纪园

纪也有这一出！想到身边不少朋友儿时的种种淘气，不禁哑然失笑。

马本斋则是个抗日的民族英雄。他的老家在沧县东辛庄，现已改名为本斋回族乡本斋村。一尊马本斋跨马扬刀的雕像很见英雄气概，进大门左右两侧各有一个小池塘，细水清澈。他是在去延安的路上病倒的，毛泽东主席的题词是——"马本斋同志不死"，共和国本来是会多一个开国将军的。

村庄里有个不大的清真寺，有个大广播，寺里阿訇念经的声音全村都能听到。村子1976年地震过，现在的房子大多是那时候盖的，比较整齐。听当地人说，这地方经常干旱，而说话间，乐清正在下大雨，桃花开了李花也开了，可这边槐树的芽儿都还没长。

11
今日走了八十里

| 3月11日，丁酉二月十四 阴 | 沧州到东光 |

上午10点多我们从泊头城关下车，沿南运河左岸前行。上午走的基本是黄泥土路，尘土很厚，一脚下去一朵浮云上来，中间有二段砖嵌的路面，但都很短。无风，有雾霾。走了大约10公里后，远远望去前方空旷的原野上似乎有一团很淡很薄又随时会飘走一样的绿雾，走近一些看是一棵大槐树泛绿了，这绿雾原来是枝叶长出的细芽。这给大家带来了激动和兴奋，白玛师父把登山杖横过来抱在胸前当扎木聂，唱起了藏歌，好一个童心未泯的年轻佛门弟子，把我们乐得个前仰后合。

田里干活的人已多起来了。碰见一个烧荒的，堤岸上的枯草烧得正旺，估计田里这些树都是他的，一问果真是。"你不怕罚款吗？"房宁教授问他，"不怕呀，今天是星期六，

待渡的行人

他们没有上班。"他说的他们是指乡干部,"那村干部不管吗?""他们自己也都烧呢,我不都看着吗?不会烧大起来的。"每年秋季,河南河北等地的秸秆是禁烧的,这季节可能放宽了一些。

一路上没地方吃饭,吃了几颗巧克力,喝几口茶,有一种饥饿感。这时已走到阜城县界,路况转好,全都是青砖路面。途中碰到了渡口,有人在等渡船,这在我们那里已是几十年前的老风景老故事了，这里居然还在用。一条两头平的船，没有艄公，自己拉自己过河。这河边的西油坊村是泊头县的，东油坊村却在阜城县，鸡犬虽相闻，来往靠渡船。

今日的目标是东光县城东码头村，全程40公里。过了30公里的时候，我依然保持着每公里10分钟左右的速度，而且很轻快，房宁对我说，记得你的斋号是"默守斋"，太静了，叫拦不住才是。他自己走起来却有点跛，昨天我们休整，他独个儿走了一趟沧州到南皮，有点走伤了，早上吃早餐的时候他就担心，我们笑他犯了冒进主义的路线错误。

快到东光县城时，我的眼睛有点花了，大脑像放空了似的。他们都看到了"东南友谊闸"几个字，而我却找了半天。当地人告诉我们，"东南友谊闸"是1958年建的，东是东光县，南是南皮县。此时县城也到了，入城口河边有块石碑上写着古运河遗址几个字，这里应该是永济渠的遗址。河上有条危桥，栏杆有一节无一节的，戳在桥头的提示牌都很旧了，估计这桥危的已有年头。

金辉兄晚上微信道贺说，日行八十里，春色近三分。

12

吴桥看把戏

| 3月12日，丁酉二月十五 晴 | 东光到吴桥 |

早饭后，我们离开宾馆，前往运河边。路上看到"扒房队""掏井"和"收狗的"之类的小广告不少，歪歪斜斜，墙上给涂得花里斑斓。但如果有心去体会这些小广告，或许也能看出点东光县的经济社会状况。它在冀东南部，以农业为主。

有朋友提议我们去看看马致远纪念馆，马致远就是那位写下"枯藤老树昏鸦"的元代戏曲家。房宁说，不对呀，马戏曲家可是咱北京门头沟人氏呢。可是纪念馆里清道光年间东光县令肖德宣的"马东篱先生碑记"赫然在目，东篱是马致远老先生的号，这碑记说得很明白，"马东篱先生，东光人，工长短句，与关汉卿、王实甫齐名"，但行色匆匆，马东篱到底是东光的还是门头沟的，我们也没心思去问，背背"酒

吴桥看把戏

东光谢家坝

老残笔记

玉米垛下

中仙、尘外客、林中友、曲中游"之类的闲句,便只管走自己的路了。

运河到东光和吴桥这一段,河面不宽,但河水较满。两岸的槐杨绵延向前,却像一支略带点散漫的队伍,站端正的不多,但也成行成列,倒映在水中绿影婆娑,与这早春二月华北大平原上的冷峻一搭,倒比江南此时的烟雨河边多了些硬朗。

我们不顺着河走,这一段的河床特别弯,弯也特别大。

我们就从麦地里穿过,看了七八天单调的灰色,乍看这泛青的麦苗,有一种久违了的亲切。但麦田土松,走起来有点吃力,此刻如果不抬头看看不远处的火车和工厂,你会觉得这地连同这地上的麦苗,可是千年不变,出苗、分蘖、返青、拔节、抽穗、完熟,亘古如此。这一想却没有了时光的流动,返青以至有此夕不知是何年的感觉。

村庄依然不多,到了谢家坝村河边,见朝堤坝的一个老门台上,"劳动光荣"四个字依然清晰,这应是新中国刚起步那年头留下的。村里人家的门都关着,门台上写着阿拉伯语文字,估计也是"家和万事兴"之类的内容,这在河北农村很流行,几乎每个门台上都是这句话。村里没看到垃圾,墙上刷过白,很是清爽。村里人讲究洁净。村中有个清真寺,我们在外面转了转没进去。

出村往前走,看到一抽水机房,上面还留着"抓革命促生产"的旧标语,麦田灌溉的水要从这里翻。运河的水不要钱,但每亩要交电费10元。这年头世界变化如此之快,这里却又是如此之慢,"抓革命促生产"的年代距今已有40来年了。

大约又走了五六里地,我们在一个村后的玉米垛下坐着歇息。说话间过来一老汉,开口就问"干吗的?","的"字发音很重很短促,还真不那么友好。房宁教授与他搭讪,后来知道这村也基本是个空壳村,青壮年都到城里打工去了,三天前村里一老头被人骗了三千块钱自杀了。现代文明的潮流裹挟着希望和忙乱,正在持续不断地冲击和洗刷着当下这

房教授装车

古老的平原。

四点钟到了吴桥,第一站便去看它的杂技大世界。一个老太婆说,你买票进去每人要150块,我带你进去只要10块。问她怎么带?她说你跟我来就是。把戏乡里把戏多,拜拜,哥们不喜欢玩这个。

这是个城堡式的建筑,四围有高大的城墙,挂满了一串串红灯笼。进得门来,全是新的仿古,四条小街的街口分别挂着四个字体不一的"老吴桥"牌匾,署名分别是四位古代的书法名家,颜真卿、赵孟頫都来了,总之他们爱谁谁题。

我们在一个"杂技小院"里看了几个小节目便出来了,匆匆转了一圈,没什么可以引起兴趣的地方。和兄买了半斤姜糖,老汉说这是正宗的,自己做姜糖已60多年了。老人长得挺老健的,但一张口只见到一颗门牙如青松般坚强崛立。他儿子站在摊头一直憨憨地在笑,孙女儿坐边上猛吃冰淇淋。

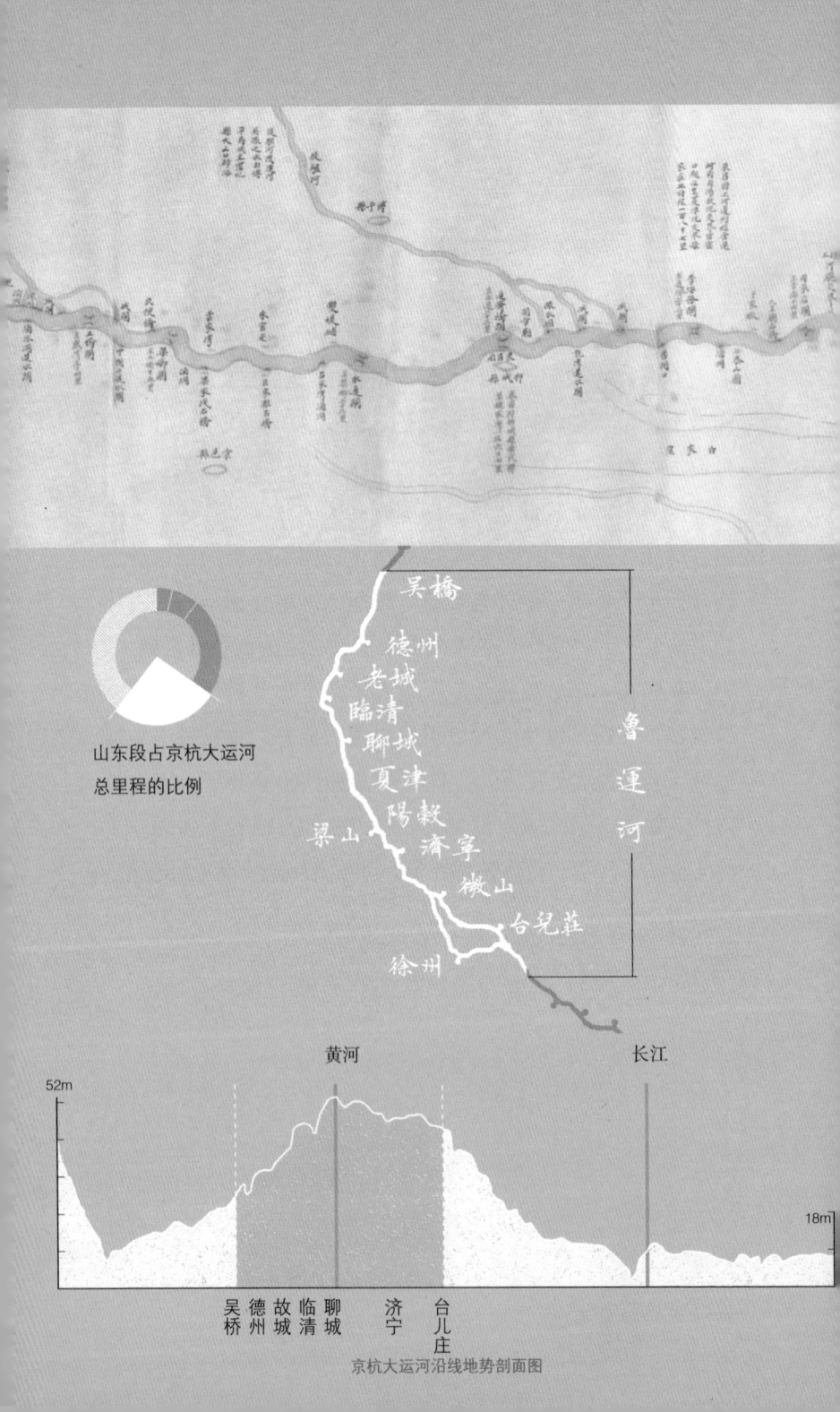

山东段占京杭大运河总里程的比例

吴桥
德州
老城
临清
聊城
夏津
梁山 阳穀
济宁
微山
台儿庄
徐州

鲁运河

黄河　　　　　　长江

52m

18m

吴　德　故　临　聊　　济　台
桥　州　城　清　城　　宁　儿
　　　　　　　　　　　　庄

京杭大运河沿线地势剖面图

山東段

3月13日—3月31日

吴桥——德州
德州——故城
故城——夏津
夏津——临清
临清——聊城
聊城——东阿
东阿——阳谷
阳谷——东平
东平——梁山
梁山——济宁
济宁——枣庄
枣庄——微山
微山——台儿庄
台儿庄——徐州

13
满把黄尘入德州

| 3月13日，丁酉二月十六 阴 | 吴桥到德州 |

房教授因事早上回京，我和白玛师父8点45分从吴桥出发，下午快2点到德州，行程30公里，5小时多15分，平均每小时6公里，午饭是2个煮鸡蛋。吴桥境内走的全是黄泥土路，偶尔有车开过便是黄尘飞扬，到后来我们基本上是泥人一个。

河水已经很浅，有的地方已见河床。地里干活的人不少，大都是给麦田灌水。路边停着一辆农用车，上面有一大摞皮管和一个水泵，主人是个热情的人。我问他走出吴桥地界还有多远？这土路高低凹凸不平有点难走，"十里吧，十里地准到。"农村人习惯用里，"你这个地方叫桑园镇，怎么不见桑也没见园呀？"事前我曾查过桑园这地名的由来，这里史上曾是桑柘之地，至少在南宋时还"桑枣相望"。"不是

德州的河堤

后来都种棉花了吗？"人不可貌相，这是个见多识广的农民。在堤下除虫的另一个人这时也过来了，同时飘过来很重的农药味。"农药味"住在城里，地还带着种，像今天除虫，开着辆白色的轿车过来，往田头一停，便干起活来，非常现代农民的范。

　　告别了他们，又走了一小时，看到一块山东省德州市二屯镇基本农田保护区的牌子，知道进入山东地面了。2日从通州出发，至此已12天。我们原来有过顾虑，河北这一段天气尚冷，又刚开始走，困难会比较大一些，所以此时也就有了些小小的激动。我摆了个POSE，一脚河北桑园，一脚山东二屯。

　　德州的河堤全是青砖路面，清清爽爽，行道树成林，麦

放羊的人

苗绿地一望无际。时近正午，一个人也没有，天地十分宁静。我大仰八叉躺在麦地里，让太阳晒着，让和风吹着，庆贺自己在对的时间、对的地方和对的人做了一件对的事，白玛师父始终在边上笑着。

祥和兄在路口等我们了，一上车我就问有水吗？他说水没有，沧州带来的啤酒还有几罐。平生也不知道喝过多少啤酒，似乎从来没有这几口好，清冽甘美直抵肺腑，知道了什么叫沁人心脾。

宋朝大诗人范成大有诗云："黄尘行客汗如浆，少住侬家漱井香。借与门前磐石坐，柳荫亭午正风凉。"大热天，人家在乡间小院，柳荫古井，即便大汗淋漓，倒也应景，甚而入诗。我是"满把黄尘入德州"，一头汗水一身尘土，行色写在脸上。德州可是座历史文化名城呀，也就有了点"珠玉在侧，觉我形秽"滑稽的感觉。

14

董子园后面巷子里的饺子汤

| 3月14日，丁酉二月十七 晴 | 德 州 |

德州是因为地处德水之畔而得名，古黄河的别名就叫德水。

德州以北的运河很弯，可能是京杭大运河上最弯的一段，像有无数个S连起来一样，古时号称"九道弯"。九道弯上"九望德州"，是个有故事的地方，像黄河、三峡一样，纤夫们背着纤绳或竹缆绳拖着船只前行。我们没想到要走近路，它弯我们也跟着弯，想象着当年的情景，一路搅起的是久已沉寂了的历史的尘烟。

德州是古时运河上的重镇，四个漕运大码头之一，但留下的历史印记也不多，或者说有名有姓的古迹古址，写在书上的不少，事实遗存的不多。比如"北厂水旱码头"，明清两代是很有名的漕仓口。康熙皇帝在这里过夜兴奋得睡不着，

董子园合影

因为"近郭人烟集,遥天月上初",于是"新寒添夜漏,不寐但看书",能让皇帝彻夜难眠的码头该是何等繁华。而今"可是斜日西南市,更遇唐砖一片无",唐砖只能去博物馆里找。

据说陵县有块颜真卿的《东方画赞碑》,是写东方朔生平大略的,可惜没时间去看了。其实去不去又有什么关系呢?看了是看了,看过未必了。未了就未了,天下事并非全可了的。

董仲舒是德州人,在德州读书十三年,留有读书台,恰似我们乐清的梅溪书院,地团南园。传说他闭门三年"目不窥园",可见读书是个多苦的活,整天钻在纸堆里出不来,但它又是个多有乐趣的活呀,后花园都懒得去看了。二千多

石滚子推磨

年后的今人给他开辟了董子园，柳湖碧水照人，不窥园、数帆亭、春秋舫像故事般展开，尽见风流精彩。小谢却喜欢那个石滚子推磨，吱吱嘎嘎的空磨被他推得密密转。

晚上老乡说请吃德州小吃。德州有扒鸡，比温州藤桥熏鸡名气大，几十年前坐火车过德州，站上小贩那一声"德州扒鸡"的吆喝，会让你双眼放出光芒。后来吃的是德州饺子，无非素的韭菜、荤的羊肉猪肉，倒也没什么两样，却是吃之前给你端上一碗清汤，叫"饺子汤"，无油也无葱，但也没有开水那么白，就一点点咸，这碗汤配饺子，从头喝到尾，这却是没吃过也没见过的了。

15
四女寺的包子香

3月15日，丁酉二月十八 晴	德州到故城

今天的线路是从德州经四女寺到故城县，王金和主任陪我们一起走。

早上先去参观苏禄王纪念馆，房宁教授也回来了，他说这地方值得一看，是国内两座外国君王陵墓之一。还在菲律宾未叫菲律宾之前，苏禄王就带着家眷和亲信乘船从菲律宾群岛的苏禄国到达泉州，一直北上，经京杭大运河进京，返程时病逝在德州，明成祖以王爷之礼葬之于此。我们说他是早期的国际友好人士。

12点半左右到四女寺。我们是从运河北侧的一条支河上穿过来的，经过岸边一个别墅区的门口，看样子才建不久，空荡荡的了无人气。灰色的太阳下，村口的牌坊显得有点落寞和孤寂。

为什么叫四女寺呢？它来自一个故事，据说汉景帝时就流传了。说有一户人家的四个女儿，为了侍奉父母都不愿意出嫁，最后商定一个人认养一棵槐树，树枯者嫁，树茂则留，结果四棵树都长得亭亭如盖，四女终未嫁，齐齐做了神仙，后人立寺以祀。古人的价值观与今人有别，这里不做议论，但这地名就是这样来的。

早就知道四女寺是运河上的重镇，卫运河上的重要码头。这里古称"九河汇流"之处，帆樯林立，商贾云集。明著名诗人李攀龙的"千乘旌旗分羽卫，九河春色护楼船"，就是写在这里的。史书记载的繁华是运河漂来的风景，后来漕运衰落它也衰了，这一页翻过去了。我们到的时候饥肠已辘辘，找了半条街，饮食店却都关着门，还好路口有个包子铺，免

途中

运河上的便桥

了我们一顿饿。本来想去看看四女寺,但首先看到那水泥堆起的仿槐树门台,往前一步都懒得迈了。

  运河在这里是一河分两界,两岸即两省。南是武城,北是故城,南归鲁北属冀,武城在德州最西,故城是衡水最东,都在城市的末梢上。两地除了运河水一起流以外,人流、物流、商品流却都是各自流、远他而去的流。我们从四女寺向西走十来公里,河上没有一座桥,不过这里没像东光和阜城那样用渡船,我们是从一条便桥上过河到故城的,交过桥费5元,是一对老夫妻在收。

  此刻我越发觉得我们乐清当年崛起的不容易。论地理,

达官村口

她偏隅东南沿海一角,离城市远,去温州隔了条瓯江,车到港头还得渡轮,到上海比现在去欧美的路还长,要坐船24小时。从城市经济角度论,还真是末梢的末梢。可偏是这千年冷地,在一代人手上成了热土,二十来万农民似乎就在一夜之间洗脚上岸,硬是打出了市场经济的一片新天地。

途中在一个叫达官的村口,我们碰上一个刚从地里回来的老汉,71岁,开着三轮车,坐着他的老伴。他告诉我们自己种着14亩地,两个儿子在城里打工。我们问他还种得动吗?他说轻松些的活自己干,重的雇人。我们又问他儿子今后会回来接替他种地吗?老汉很肯定地说不会。望着老汉逐渐远去的背影,我想他和他们这一代人可能是这块土地上的最后一代传统的农民了。

5点多还有太阳,没一会就落到云里了。运河如带,曲岸牛羊,我们加快了脚步,希望在天黑之前能进入故城的县城。想起了四女寺的包子,它那个济宁的醋有点甜甜的。

16
走得最苦的一天

3月16日，丁酉二月十九	故城到夏津
晴	

故城在冀东南，属衡水地区。上午从故城县城出发，重新渡过卫河向南，多是乡间小路，穿村庄而过，这也很好，陌生的地方都是风景，路上碰上个把健谈的，都乐得说说。中饭在甲马营乡吃，从东到西一条街上也就那么一个饭店，一碗羊杂汤，一盘炒饼。乐清西乡有把炒年糕叫炒饼的，意思有点相似，它这个是把大麦饼切成细细条。

甲马营原来也叫下马营，说赵匡胤曾在这里驻过兵。这里到渡口驿我们没有沿运河走，却走了很长一段的县乡公路。路上的车子不少，大三轮小三轮居多。太阳昏沉沉的，人也给晒得昏沉沉的。水泥路笔直，白糊糊的路面，枯燥单调的很，车驶过扬起的灰尘，不厌其烦地跟着你围着你，不离不弃。我想走段田间小路，问路人却说附近就只有这条路是通渡口

聊天

驿的。烦躁的波浪开始涌起,一度发现自己像一只蝴蝶在飞,飘忽不定,而看到一个很熟悉的人在前面不停地走,定睛一看,原来这个人就是自己。事前我曾问过行脚的僧人,也曾问过曾经长途跋涉的人,都说有出现烦躁、暴怒乃至灵魂出窍的情况,它不是腿脚疼痛、水泡刺痛那种身体上的不适,而是心上的难受,它会损伤你的意志力,当时我感觉到了。

看路边一对中年夫妇一锹一锹把地上的玉米装到车上去,我们便赶紧过去帮忙。他们两人种着 30 亩地,一亩地收入也就 600 多元,供儿子读大学,儿子平时也打工。劳作的辛苦,经济的拮据,他们都已习以为常,脸上不喜不忧,偶尔还那么憨憨地一笑。

事后我想从动身到今天,已经十几天了,这十几天走下来,新鲜感过去后,已有孤独和寂寞出来,单调重复,每天几十公里就一个"走"字,觉得这路是无比的长,目标是无比的遥远，自信心在下降。一个最熟悉不过的自己，慢慢地变成自己最熟悉的陌生人，这大概就是所谓的主体变客体了，自己变成了自己观察的对象，变成了自己要克服乃至征服的对象。孤独和寂寞不是远离了人群，而是远离了自己。

四点多到了渡口驿。渡口驿顾名思义是因运河水驿而得名，夏津的古八景之一就是这里的"卫河古渡"。运河大堤上风很大，明代大学士吴宽在《渡口阻风》中写道："旷野麦苗才尺许，只见风来不见雨"，还真应景！这是条土堤，风刮起尘土飞扬，我们又成了泥人一个。

晚上没住夏津县城，而是离县城十几公里的一个饭店，这地方说是黄河古道，"古来黄河流，而今作耕地。都道变通津，沧海化为尘。"萨都剌说的深刻。

《夏津县志》有"鄃城，春秋为齐晋会盟之要津"的记载，鄃城即今之夏津。夏津在历史上最露脸的事大概就是公元前633年，晋文公召集的诸侯会盟，史称"践土会盟，假途灭虢"，践土会盟又称"夏盟"，夏津之"夏"字当由此而来。

睡前刷了一次牙，躺下了发现牙缝里的沙还有，起来刷了第二次。

17 大村也没有餐饮店

| 3月17日，丁酉二月二十 多云 | 夏津到临清 |

我们早上回到渡口驿，从渡口驿开始往临清走。刚上大堤，一阵风就差点把头上的棒球帽给吹飞，眼睛都只能半眯着，不说黄沙滚滚也是黄尘漫天。

每当有车经过，黄沙黄尘似妖风肆虐，躲也无处躲，防也无处防，只能拍拍衣襟继续前行。

所以凡有村庄我们必下堤从村庄走，一为避风二为躲尘，却给老乡们添了新风景。六个人高低胖瘦穿红着绿，手里还拿着一根棒棒，他们觉得好生奇怪。一个穿着白毛领棉袄的妇女骑个电动车干脆就跟在我们后面，我们停她也停我们走她也走。见到墙上有条广告挺有意思的，我们便站在那里念："国在邮政在，您的存款永远在"，这话说的！"白毛领"趁机凑上问："你们是干吗的哈？""走路！""走路？

老读黄河

夏伟平的背影

走路带个棒棒干什么？"把我们问得一愣一愣的。在小学校门口，家长们在等孩子放学，乐清的学校门口轿车多，他这地方电动车和机动三轮车多。见我们远远过来，人群好一阵骚动，但也没人问我们是干吗的，只是好奇地张望。白玛师父走在后面，一人伸头问他："你手上这是干吗的呀？"师父笑着把头往右边一歪，摆出举枪的样子，眯起眼睛，嘴里"哒哒哒，哒哒哒"的，一副孩子王的神气，把人群都逗乐了。这个村叫杨西村，杨西是个比较大的村，村主任也不知道登山杖为何物。

  大村也没有餐饮店，这是传统乡村的典型特征之一，农民都是待在自己家里吃饭的，餐饮业可能是在工商业发达后才出来。我们找到了一家超市，掀开门帘进去一看，却像个集市，青菜萝卜，猪肉牛肉，袜子短裤，白酒啤酒，什么都有。她那个饼干两个装一袋，松松脆脆的，没名字也没生产厂家

热情的女农民

没日期,我们拿起来就吃。老板娘说要称一称,她的饼干是论斤论两卖的,这跟我们那里的几十年前一样。

午后的风没有减小,我们继续沿大堤向临清走,夏津的路差,当看到"临清河务局欢迎您"的牌子时,我们以为临清的路该要好些了,想不到更差。有人说路是人走出来的,这不假,可还要补说一句,路是给逼出来的,你只能往前走。

五点来钟我们到了临清市内。住进了饭店,这是个不错的地方,虽小却也温馨,此时只要有热水洗澡比什么都好。可等我洗好出来一问,发现该店没有洗衣服务,捋起袖子自己干,洗脸间里顿时水花飞溅,流水潺潺。洗脸盆里的水由清变黑,由黑返清,这下子我认为可以了,应该算基本洗干净了。其实,"干净"二字到此也有新解释了,北方空气干燥,"干"没问题,而如果论"净",凡我洗的就难说了。

18

孤塔临河岸　峥嵘插碧天

| 3月18日，丁酉二月廿一 多云 | 临清 |

　　临清有两条运河经过，一条叫会通河，会通河是明永乐九年即1411年重修后开通的，也叫古运河。一条叫卫河，它更早，在公元608年就有了。昨日我们从渡口驿走的运河就是卫河，读过《战国策》的人或许有印象，苏秦对齐王说"西有清河"，对赵王说"东有清河"，这清河就是卫河。

　　临清舍利宝塔就在这卫河之畔，四野空旷，一塔庄严。《临清州志》说它"每朔望缘壁燃灯，辉映星月，远望三十余里"。我们沿着塔内转梯登上第九层，塔顶像古代将军的头盔。砖是临清的贡砖，临清贡砖很有名，明清两代是专供北京皇宫建筑的御用之物。而这塔里的砖块块"温润如玉"，被人摸得锃光发亮。塔心柱是一根金丝楠木，塔高60多米那这木头也就有60多米。那年头金丝楠木只能是皇宫用，私用是要砍

临清礼拜街街景

头的。那么是谁胆子恁大？本事如此通天？临清的文化朋友说这是明末大太监王体乾"施舍"的。王是地位仅次于魏忠贤的人物，但这种明目张胆的忤逆之举，他还是不敢声张，所以捐是捐了，没留下名字。

十点半左右我们去看临清清真寺，这是明嘉靖年间的建筑。出清真寺大门往右100米左右就是临清穿街而过的古运河了。太阳暖暖的，草木泛着淡淡的黄，一条仅一千多米的河上，分别有永济、问津和会通三座古桥，问津桥临清人也叫它天桥。保存最好的桥是会通桥，单孔，四向有雁翅，与岸相平，砖砌桥栏，桥头有棵大槐树。可能是快近正午了，行人很少，很安静，这桥这树似乎都有一股很安稳的淡定。

下午去了"钞关"，这是运河八大钞关中设关最早，闭关最迟，保存最好的一个钞关。目前让人看的只是很小的一块，在一条小巷里。前面靠河的大片房屋都已在拆迁中，看样子要恢复旧钞关面貌。馆内有几通明清碑刻，如《计部李公德政序》，很珍贵，增添了这个地方的厚重。

张自忠将军和季羡林都是临清人，一文一武，临清人都给他们建了纪念馆。张自忠将军是抗战时期牺牲的中国最高级将领，一个悲剧英雄。曾被人误解为汉奸，竟以牺牲自身的代价去洗刷耻辱的骂名。殉国后，重庆十余万百姓为其啜泣流泪。在他的纪念馆里感觉到的是壮烈和冷峻，而季羡林纪念馆则多是喜色，印象尤其深刻的却是临清的领导们在不同的场景中与季教授的合影。

晚上去小摊子吃饺子，我试着问要一盘"托板豆腐"，这是传统的临清小吃，我是从书上看的，老板娘可能没听说过，我说水汪汪热腾腾、盛在一块小木板上的豆腐，老板娘简单地回了两字："没有。"回饭店写罢今天的随记，看看还早，在网上读到了《金瓶梅》这一节，"这临清闸上，是个热闹繁华大码头去处，商贾往来，船只聚会之所，车辆辐辏之地，有三十二条花柳巷，七十二座管弦楼。"

19 临清第三日

| 3月19日，丁酉二月廿二 晴 | 临清到聊城 |

旧志中对临清民风的描述，多有"俗近敦厚""俗节俭、民朴实"之类的话，我们虽仅是两三天的过客，但也能感觉得到。所谓民风，还真像风，随时在吹拂。夏伟平昨日徒步50公里，回到饭店后首先说了"途中三事"。出城10里，一摩托青年从身边开过去了又掉头回来，要送他去目的地。前行又10公里，一辆轿车停在路边下来一个人，问他去哪儿？要不要带一段？继续前行，过了吃饭的点，到了一个村庄，进入一家小超市想买瓶矿泉水。开店的是对老夫妻，一听他是徒步走读运河的，便十分热情，非要留他吃饭不可。边上是一所小学校，孩子们把他当英雄看了，其中一个小女孩说"叔叔您真了不起，长大后我也要走读运河"，夏万卷讲到此处颇为得意。

运河水闸

地是有根也有源的，毕竟人家曾是大码头之地，"地居神京之臂，势扼九省之喉。连城则百货萃止，两河而万艘安流"，自有遗风余泽。

昨天除夏伟平外，我们按计划在临清休整。其中值得一记的是逛礼拜街，这里卖的尽是锅瓢盆碗、矮椅长凳、竹梯蒸笼之类的东西。反正我们是闲逛，在陌生的地方看陌生的东西与陌生人说话，对方的口音如果重，有的说了半天至多也是只半懂，但我们还是不断地点着头，不懂装懂，人跟人总得留点相容的空间。街边有一户小铺，开着半扇门，却挂着一个书店的招牌，看着有趣，我们便进去了。只见靠北墙有一个书架，二张学生桌拼成一个台面，分别摆着一些书，大都是半新不旧的。南窗下摆煤气灶，污迹斑斑点点，看样子早上煮东西后还没擦,怎么看也不像书店,但它偏就是书店。"怎么不进些新书卖?"我问店主,一个40多岁的男人,门外坐着晒太阳的老人是他爸。"买新书人家不会跑我这里。""有生意吗?""没什么生意。""没生意你还做?""不做又怎么样?连小钱也没得挣了。"

可就这么一个人,你千万别把他当小生意人看。"白妞知道吗?"他问我,"知道呀,我还知道有个黑妞,唱犁铧大鼓的。"他见我知道白妞黑妞和犁铧大鼓,清了清嗓子对我说"我给你吼几声",唱什么内容听不懂,但清脆高亢,唱到激昂处这声音飘到街上都还颤颤巍巍的。旧街旧店旧书旧曲,我感觉比华丽的大剧院还过瘾。老头听儿子在唱,他的脚前头也一拍一拍的在点。我问:"你这是犁铧大鼓?"他说不全是,沾点边吧,这是木板大鼓。随手抽了一本书递给我,"《老残游记》里面有",这老兄分明引我为知音了。我知道这书里是有一段写白妞唱功的,诸如五脏六腑像被熨斗熨过一样,三万六千个毛孔像吃了人参果一样。我没时间细看,说几句好话,便与他道别了。这一节我想他开心我也高兴,一个地方的"士风彬彬"却是如此不经意的遇见。

早上房宁和博阳回北京,和兄回乐清,夏伟平回贵阳。就我和白玛师父早饭后便出发,一直走到聊城与冠县交界的地方,看看已30多公里,6个来小时了,便坐上小谢的车去聊城。

20 两日三趟东昌府

| 3月20日，丁酉二月廿三 多云 | 聊城 |

在聊城一天两夜，总共去了三趟东昌府。东昌府当地人称之为"古城"，方圆一平方公里。晚上比白天漂亮，灯海虹霓，流光溢彩。古城中央是光岳楼，四重檐十字脊，气势恢宏，昂首云天，是我国的十大名楼之一，"虽黄鹤、岳阳亦当望拜"。至于为什么叫"光岳楼"，古人云"取其近鲁有光于岱岳也"。东昌湖面积近西湖，但西湖的风韵她是没法比的。岸上有大码头和小码头保持着古时的样子，山陕会馆的保安对我们说，当年康熙、乾隆皇帝下江南就是在这里上岸的，听他有点居高临下的口气，我忍不住逗他，老哥，你可是上三旗侍卫，把他听懵了。

我知道东昌府，最早并非来自教科书，而是《水浒传》，"梁山泊东，有两个州府，却有钱粮：一处是东平府，一处

于沙河堤

是东昌府"。在光岳楼二楼楼梯口东面内墙上镶嵌着一些诗碑,其中有一块是施闰章,我觉得这名字好熟,似乎在乐清做过官。便打电话请教张炳勋先生,张老师说乐清官他没做过,不过有几首诗留下来了。至此我想起来了,其中《乐清行》一诗的最后两句是:"催租令如雨,不知征阿谁?"

我们住的饭店在徒骇河边。乍一听徒骇河,你肯定也会有点"骇",惊骇的骇。说当年大禹治此河,困难太多了,众人都怕。这是一条穿城而过的河,河面宽阔,水流湍急,给这座城市增添了气势。聊城还有一条穿城而过的河是二干河,南水北调用的,还有运河,所以聊城叫北方水城,但船只很少,乡下农村里没看到,城内在东昌湖上有几只游船。

我想起了几年前去过的威尼斯，想起了贡多拉，那很漂亮的小船。

世界上有名的运河，它们或是航运最繁忙的或是游艇如织的，无不充满着朝气。巴拿马运河、苏伊士运河、纽约伊利运河、莫斯科运河、伏尔加河、阿姆斯特丹运河，包括费诺福运河和基尔运河，这两条德国的运河可能大多数人都比较陌生，但据说费诺福运河却是德国最漂亮的河流。

这样一比，感觉我们的运河委屈了，亏欠它了。过去漕运最兴盛时，它是一条经济大动脉，眼下如不是时不时肆虐一下的洪水，也不那么被当回事了。"漕船远去不重来，湖上无帆究可哀"，它未来应该还有容光焕发的年代，那将是文化休闲的。至么什么时候会再度兴旺起来？那要看整个社会经济的走势了。费诺福运河也曾一波三折过，1603年挖通，30年后毁于战争。1743年再挖，二战以后也大概像我们现在的运河一样。1998年勃兰登堡州政府把它作旅游开发，而一举成功。

晚上，朱赞雷在东昌湖上设宴为我们送行。雷是乐清黄华人，王金和也特地从济南过来作陪。湖景很好，鲁菜很好，宾主尽欢，但我还是不敢动杯子，前方还有二千多里路呀。

21
夜抵东阿城

3月21日，丁酉二月廿四 晴	聊城到东阿

上午应约拜访"同心国学院"，就在东昌古城里，这地方很安静。院长姓吕，是位很热情的年轻男子，他给我看"尺八"，一种出自隋唐宫廷、宋时流入日本并在日本得以传承和发扬的古老乐器。一根老竹子，像几十年前农村老人抽的大烟杆，一尺八寸就叫"尺八"，"尺八吹来感鬼神，乾坤游客更无伦。森罗万象只斯曲，吹出扶桑笛里人。"摸摸它就有一种苍凉感。"同心国学院"有点像乐清的"三禾文化俱乐部"，都是致力于打造一方精神高地，重在文化和影响社会风气。

11点后，我们去参观聊城运河文化博物馆，运河博物馆是一省一个，山东办在聊城。里面有些展品在重新布置，有点乱，但讲解员讲得很好。在博物馆里见到毛主席向日本首

又一个放羊的人

相田中角荣赠书的照片,据介绍送给田中的这套书是《楚辞集注》的影印本,原本就在海源阁。突然想起临行前东君曾提醒过聊城的海源阁一定要去看看。海源阁是历史上最著名的私人藏书楼之一,宋元珍本就逾万册,有美誉曰"琅环之府,群玉之山"。但藏书也不易,海源阁自清道光二十年即公元1840年至新中国建立就经历三劫,一次军阀,一次土匪,一次日本人,或抢掠,或糟蹋,或"尽遭火焚"。新的这个是1992年10月"坐其原址,因其旧制"重修的。吾乡先贤、乐清藏书家倪吾真先生有枚闲章,刻的是"曾在倪吾真处",一个"曾"字是藏书的宿命。

告别了王金和和朱赞雷,我和白玛师父从侯营镇田庄桥开始往东阿县走,已是12点20分。这沿河的路叫于沙路,路很直,河流较急,水有点浑。

夜抵东阿城

槐树还没长芽，绿却已在柳梢头随风摇曳。鸟儿很活跃，凡有树之处必是叽喳响成一片。碰上好多放羊的，有一处七只羊却有三个放羊老人。于沙路有20来公里，4点多我们走到一个叫于集的镇上，运河在这里拐弯，与我们是两个方向，我们没继续跟它走，而是走328省道去东阿县城。

东阿是阿胶之乡，还是喜鹊之乡。这阿胶是闻名天下的，可这喜鹊之乡却有点有趣了，不知贵县有没有喜鹊办乃至喜鹊局或者喜鹊协会之类的机构，估计那些工作人员总得会一两门鸟语才是。

到东阿县城，天已黑，住下后匆匆洗过便找饭店吃去。老板兼店小二的推荐驴肉，推荐羊杂汤，推荐黄河甲鱼。我们向他打听曹植的墓，他说不清楚，但当弄明白了曹植墓就是曹子建的墓后，他的话匣就打开了。自称开餐饮是从业，得混饭吃，习武、玩杂技却是少年功夫。他说，曹子建才高八斗，七步成诗，那是文人的事，我知道他武功也了得，会盘马弯弓，会跳丸击剑。这倒是新鲜的，至少在此刻之前我还没听过没看过。"你不信？"他说我给你背个顺口溜你就信了："跑马卖解上大杆，跳丸击剑流行鞭。走江行会保平安，莫忘先拜曹子建。"意思我明白，但是像跑马或好懂，卖解呀跳丸呀走江行会呀就不大懂了。我也不想搞懂，老板正在兴头上，滔滔不绝盘马弯弓，可我已经累了，想的只是马上回旅店，上床睡如弓。

22

似乎都在书中走

| 3月22日，丁酉二月廿五 多云 | 东阿到阳谷 |

早上先去看了东阿的阿胶博物馆，然后掉头往南，沿着一条乡村公路到鱼山。鱼山不高，曹植名大。他是曹操的小儿子，封东阿王，一首"煮豆燃豆萁，豆在釜中泣。本是同根生，相煎何太急"的七步诗，传了千百年。

从大门进去便是曹植的墓，青灰色古砖，石马石将军。据园内的人讲，之前是有墓门直通甬道和墓室的，现在已经封闭。墓前有二块碑，一块是民国二十年东阿县政府立，一块是1980年茅盾先生题写的"东阿王曹子建墓"，右侧是隋碑亭，碑文已模糊不清。这里最多的是日本人立的碑，据称曹植在鱼山"闻天籁，创梵呗"，梵呗即为佛前"清澈的讽诵"。梵呗一词源自古印度，梵有清静、寂静及离俗之意，呗则是赞颂或歌咏，所谓"结韵以成咏，作偈以和声"，说白一些是用汉语来歌咏唱诵佛经。鱼山梵呗已有1700多年历史，唐时传入日本，日本至今把曹植奉为佛乐鼻祖，不断有人来鱼山参拜。据说每年农历四月初八，这里要举行"鱼山梵呗"诵唱，在墓前演奏曹植当年的佛曲。我们可以想象得到，其时黄河之滨，千年古道上，定是梵音凌云，并且清婉遒亮，周遍远闻。

午后我们在黄河边上坐了一会，便起身往阳谷张秋镇去。史上张秋很有名气，曾有"南有苏杭，北有临张"之说法，张即张秋。正因为有此一说，事前相应的我也查看了一些史料，描写最生动的是说张秋各街市"皆有百货云屯，如花团锦簇。市肆皆楼房栉比，无不金碧辉煌。肩摩毂击，丰盈富利，有小苏州之称"。

所以在我的想象里，张秋应该是座古城，至少有一条古街。可在一条黄泥路的桥头，当地人告诉我们这里就是张秋，脚下的这条河就是京杭大运河。散慢的流水，塌陷的河岸，一间羊汤店的遮阳棚都快搭到路中央了。我们片刻也不想停留，破旧的遮阳棚代替了对张秋的美好印象。

到景阳冈已近傍晚了。景阳冈在史料中的记述是冈阜起伏，人烟稀少，草密林茂，野兽出没。至少在施耐庵的年代景阳冈应该是十分偏僻和冷清的荒郊野外，四围皆山仅容一条小路通过，"教来往客人结伙成对趁午间过冈"，不像眼下这景阳冈四周皆平畴田坂。看到两块题"景阳冈"的碑石，一块是舒同写的，一块是郭沫若的。进门有一块"武松打虎处"

的石碑，说是南宋初年立的。

  沿途景阳冈的酒广告打得很火，"景阳冈的酒，英雄的酒"，英雄已远酒很近。在阳谷县城狮子楼景区，入门便是大郎烧饼店，门口居然真有这么个人，踱着方步，身高不过一米四。"嫂子在吗？""在做潘金莲咸菜饼呢""不去隔壁西门大哥药铺了？""敢？早就被我打怕了。"一米四仿佛一下子长到了二米四。

23
客程一日过东平

| 3月23日，丁酉二月廿六 阴 | 阳谷到东平 |

阳谷境内的大运河至少在清光绪以前是能通航的，它给阳谷带来了绵延元、明、清三代六个多世纪的兴旺与繁荣。张秋荆门上下闸和阿城上下闸在元明朝时的地位都很高，现在的遗址多为全国或省市重点文物保护单位。

早上我们到了一条小河边，一老者告诉我们这里就是运河。像江南任何一条小河一样，静卧在田野上，有河岸但没有堤也没有路。老人告诉我们，"这是条新河，60多年了。"原来我们走错了，"新运河当年我们都参加挖的，夜里也出来挖。""苦吗？""干活倒不苦，就肚子饿。"这饥饿感和大运河一样长，可我现在需要的却是方向感。一个开三轮的大妈口齿清一些，说你回头走斑鸠店，穿过阿城镇再问问金堤河怎么走。临了还说了一句让我们感动了好一阵子的话，

"要不是车上这几个娃,我真想送你们一程。"

在阿城镇路边看到"阿城义井"石碑,黑底白字,路人给我们指了一下,看到井口已被一块大石头盖上,井已废,我不明白他们为什么不用栏杆圈一下,有一个碑记给人一个念想也好。

下午一点多,我们才登上金堤河北岸,往左进入河南台前县张庄的黄河大堤。至此我们已走了20多公里。在大堤上坐了一会儿,附近也没有吃的店,吃了一个大苹果,也算充电。沿着黄河大堤,我们也不多想,反正就往西南方向直走,

东平湖上的小渔村

到了徐固堆往左拐直奔东平湖而去。途中一朋友发来短信问运河怎么走呀？还说找到乾隆下江南的感觉没有？乾隆下江南是什么感觉还真不知道，我就知道一步一步向前走，左脚如先，右脚跟上踩在左脚前，这样右脚在先了，于是左脚又紧跟上踩在右脚前。

东平湖在梁山好汉那年头里叫蓼儿洼。《水浒传》书中开头便有这样的话"宛子城中藏虎豹，蓼儿洼内聚蛟龙"，古时这蓼儿洼号称八百里水泊，现在据说仅一百多平方公里了。

这湖和今天的天气倒也配，湖天一色，都灰蒙蒙的，和江南那种妩媚多姿比，东平湖明显硬多了。岸上见到一些人在摘柳芽，踮起脚，脖子和手都伸得长长的，问他这摘来干吗用？说炒菜吃，还败火。他们也问我们是干吗的，"走路，也败火"，他们管自己摘柳芽，也不拿我们的话当真。

临湖都是风景，湖上偶尔有船只驶过便觉多了几分生动。岸上的行人也不多，好些路段就只有我和白玛师父二人。经过几个村子，村口少不了卖河鲜水产的。

到六点多，湖面的颜色有点重了，原来淡灰色变得暗灰色了。今天一直没有太阳，阳谷没有，台前没有，东平湖上也没有。我们在八里湾闸区公园歇脚。八里湾在北宋时期就已出名，元、明、清时期叫"安山湖"，现在是著名的八里湾过船闸区，看样子才新建不久的泄洪闸现代化的范儿十足，厚重方正的启闭机房顶楼却飞檐翘角，平添了一份飞举之势。

走读运河

　　风吹在身上有点凉了。路边的灯陆续亮起,白灯光寒似凉霜,好像与湖上的雾气合起来欺负我们。我们不敢久坐,肚子空空,目的地尚远。原来做案头时特地注明东平湖里有个石碣村,"吴用石碣访三贤",浪里白条什么的此时全无心思了,也管不住什么吴用有用了。此时东平湖到底是八百里或是八十里抑或是十里八里,已不是我们所关心的了,只是无数次地看自己的身影被拉长,然后很快地被缩短,以至成一个点,然后又被拉长被缩短,然后又变成一个点。

　　八点多终于到了饭店,今天走得有点龇牙咧嘴、人仰马翻的感觉。空荡荡的大堂,厨师与厨房的人都下班了。幸好不远处有饺子店,昏黄的灯光映在饺子的雾气上弥漫开来却是一种温馨,几十块钱就搞定。

24 夜宿梁山

3月24日，丁酉二月廿七
阴天

东平到梁山

八点来钟，夏伟平把我的门敲响，他昨晚从贵阳飞抵济南，今早六点出发赶来与我们会合。

水浒影视城就在东平湖边上，离饭店不远，早饭后我们即去这里。进得城门，拐弯处看鲁智深扛着禅杖大步流星走来，熊腰虎背，旁若无人，大有好汉气概，演戏的一入戏，戏就变真了。放眼望去是一街的今人和宋人，夏伟平与卖烧饼的大郎缠在一起，非要挑一回他的烧饼担不可。想起前天在阳谷狮子楼景区，小广场上正在演戏，开始有一班游客在看，没一会儿走得光光的。台上有演员，台下无观众，要把一阵阵风吹过当成一阵阵热烈的掌声，这需要多么顽强的精神呀！如此这般，这里的演员却热闹多了。

等从水浒城里出来，我们在乡间小道上走了10来公里，

老读运河

梁山上的雕塑

到了长柳河边。长柳河是条南水北调的河,应该是中线工程的一小段,从扬州江都那边过来,水在缓慢地流动。看得出来这里的水源保护比较严格,清一色的护栏将路与河隔开,两岸河床护坡都用水泥做了,时见"河深危险,禁止入内"的大红油漆字,但也见有人在这斜坡上骑车,像杂技表演。

麦田里劳作的妇女

河上桥很多，每隔个两三公里便有一座，桥的造型也好看。

田间的麦子已长成一片碧绿，偶有鸡犬声从远处的村庄里飘来。隔一段都会碰上给麦田灌水的人，与他们聊几句，打个招呼，都是很开心的事。风有点大，顶风有点吃力。

四点多我们到了梁山县城，水浒故里之地。《山东通志》记载："汉文帝第二子梁孝王常围猎于此，死后葬于山麓，遂易名梁山。"梁山的出名却是后来因了八百里水泊和宋江、李逵、武松他们。

入住一个叫水浒的饭店，在这里等房宁和祥和他们，他俩约好今晚到。夏伟平有朋友夫妻俩从北京专程过来看他。

老运河

水浒影视城里的夏伟平

我们虽就住在梁山山脚,但没有大块吃肉、大碗喝酒。

补记一点:早上出来的时候路过东平的州城镇牌坊街,一条街上立着"凤诰重颁""进士及第""升平人寿"和"父子状元"四个牌坊。"父子状元"是一座青石牌楼,立于清康熙五十八年即1720年,现在这个是1997年重建的。《三字经》里有这样一段:"若梁灏,八十二,对大庭,魁多士。"这梁灏就是这牌坊上的父状元,儿状元叫梁固。说梁灏八十二岁中状元是不对的,《宋史》上写得很明白,他是二十三岁中的。我记住了这对联:"是父是子同作状元千载少,为卿为相流传历代一门多。"

老话运河

东平县州城镇牌坊村

25
他乡偏遇故乡人

3月25日,丁酉二月廿八 多云	梁山到济宁

　　早上起来吃饭时,听说小谢昨夜四点来钟肚子痛得厉害,白玛师父送他去医院了。小谢是我们的驾驶员。我们在梁山县医院急诊室输液的地方找到小谢,见他脸色苍白,连声喊疼,盐水已打了三瓶,一点也没减轻。祥和去找来医生,我们问他是什么病?疼痛怎么止不住?这医生怀疑我们病人找错了,说这是蚌埠的怎么变温州人了?这点他倒记得很清楚,而看病问诊所谓的视触叩听他全省了,这会来肚皮上按了两下就出去了。一会儿进来一个高个子白大褂,看他胸前的牌子是急诊室副主任医生,他也按肚皮,问体温高不高?回头叫护士,护士举着一支体温计过来,说押金5元,给了她10元,都收了。从进医院给他挂上盐水,其痛不止,到现在已经四个多小时了,除了记着小谢是蚌埠的以外,他们什么也

南旺水龙王庙

不清楚。我的怒火已慢慢上来，白玛师父看出来了，在我后背轻轻地拍了好几下。祥和后来高声了几句，医生护士倒也不吭声。

　　大个子医生说可能是急性阑尾炎，要马上手术。我问他必须马上吗？去济宁来得及吗？一个连温度计都要押金的医院，我们实在不太放心。他没正面回答我，只是一副神色挺凝重的样子，当我们带小谢走时，他凑着我耳边说，"开滨湖大道，这里快一点，不会路阻"。急火烧山，我给在济宁的老乡陈庆龙打电话，他是乐清翁垟人，济宁温州商会的会长，我们素昧平生，他却一口应承，放下电话便去医院找人办手续，一直忙到把病人送上手术台为止。

古人常说的人生四大喜事，其中之一是"他乡遇故知"，我这碰上的不能叫喜事，却是大幸事，他乡欣遇故乡人，解了我们的大难题。我和祥和说，运气好，未上梁山先遇及时雨了。

一阵忙乱过后，都妥当了，也不耽误去梁山景区一游。山上除有几个地段比较险峻外，整个山不高也不大，在南方这样的山很普通，但想象它与八百里水泊相连，形势便不是一般的峥嵘了。

由梁山往南是汶上县。汶上南旺的分水龙王庙和戴村坝在运河上有着特殊的地位。这里是一个建筑群，镇水畜、老码头尚在，见到不少古碑。其中《创建宋尚书祠堂记》和祠堂内宋尚书的石刻造像都还清晰可辨。事前我也做过案头，实地一看，就非纸上面目了。在元代会通河和济州河均位于山东境内的黄河冲积平原上，地势南北低中间高，尤以南旺为最高。据明代资料记载，南旺北高临清90尺，南高徐州106尺，一旦到了枯水季节，便会缺水断流。明朝初年，戴村筑坝拦水，引汶河水南下，在南旺分水口南北分流，七分

梁山上的艺人

向北进入漳、卫，三分向南流入黄、淮，从此运河畅通，民间把这称之为"七分朝天子，三分下江南"。六百多年后的今天，人们仍称赞其运用了极为高超的水利科学技术，凝聚了古代官民的匠心和智慧。官民的代表人物是工部尚书宋礼和民间治水专家白英老人。白英老人一世布衣，死后被封为"永济神"，由人而神，这神便有了文化精神的力量。

晚上陈庆龙、郑秀海二位老总设宴为我们接风，郑秀海是乐清象阳人，虽是初识却似故人，中间又有小谢这一节，我对他们心存感激，当然也有"得意平生山水阔，他乡偏遇故乡人"的欢愉。大家尽兴，这一喝就不是一二杯的事了。

房宁教授又一次坐夜车大清早回来，才二十几天，已是坐好几趟了，他要上班，两头跑，多了几分辛苦。

26 游太白湖，上太白楼

| 3月26日，丁酉二月廿九 晴 | 济宁 |

今天济宁可谓风和日丽，是出门一月来的首次蓝天白云。早上到饭店门口散步，阳光洒在街道上，洒在蜿蜒穿过的运河上，处处明媚。

上午我们在太白湖活动，太白湖古称小北湖，在微山湖北端，湖大约八九平方公里，整个景区公园达二十二平方公里。树林茂密，湖泊河汊碧波粼粼。公园入口两侧是两根拔地参天的汉白玉大望柱，流云翻腾，蟠龙盘旋。过了桥，湖面空阔，岸柳成行，繁花盛开，满眼好景、满眼春光。最活跃的照例是孩子们，骑个小自行车穿行在人群中。有此公园，济宁人幸福感应是满满的。

我们商定绕着太白湖走一圈，20公里，看湖赏景。走惯了黄泥土路，见到如此平整的柏油路，不走脚都发痒。房宁

走读运河

太白湖上合影，右一郑秀海，右二陈庆龙

教授计算了一下，从通州至此，我们的徒步已超过500公里，所以20公里对我们而言是毛毛雨了。郑秀海平日有徒步的爱好，一路走下来显得还轻松，可苦了陈庆龙陈总，三个半小时徒步20公里，他是平生第一回。况且他的鞋子不行，会咬脚，他能走下来算是很有毅力了。

下午我们去看博物馆，出来时发现边上就是久负盛名的济宁铁塔，这令我们惊喜。它建于北宋崇宁四年，已有900多年了，夕阳照在它身上发着亮光。我数了数，塔身9层，加上基座和塔顶共11层，端庄秀美、刚毅挺拔，顶层塔檐上

游太白湖，上太白楼

济宁铁塔

悬挂着风铎,傍晚时分风大,吹动铃声似从天上飘落。白玛师父围着塔转了三圈。

挨着的就是声远楼,建于北宋中叶,台基很高,楼身方方正正,上下两层四檐,雕梁画栋,朱甍映日。楼内有一口大钟,济宁的朋友说,它不响则已,一响即有响彻全城之势。古书上是这样说它的:"远大化而张天声,发雷霆而震万物。上可通呼九天,下能彻呼九地,远可达呼四境。"如是一闻,难怪它叫"声远楼"了。

铁塔和声远楼对过,有座四合院,是个运河文化的展馆。出门时才发现这原来是僧王僧格林沁的祠,这是他在济宁被捻军打死后慈禧给建的。

也就在博物馆前临街的草坪上,有一组老石刻,几个人物刻得栩栩如生,沧桑古老又雅致生动,却像随便搁在那里似的。安安静静与满街的车水马龙莫名其妙的有种默契。这些都可称之为文物的东西,本应是登堂入室、被人宠受人娇的,偏叫它站立街头,足见出手不凡,恰恰是这一站站出了济宁的风韵和气度。

夜已深,窗外灯影朦胧,想起太白湖还难入眠,这公园才是人民公园,爱来就来,没门没票。以人为镜,为以前常提的所谓大手笔一词而难为情了。

27 水上南阳有清欢

| 3月27日，丁酉二月三十 晴 | 济宁 |

南阳湖位于微山湖的北面，南阳古镇在南山湖中，古镇不大，东西长不过3500米，南北宽不过500米，运河却从中间穿过，所以无论从古镇的哪一头望出去，四围皆水且水波渺茫。

两岸街巷古香古色，都不宽，青石板铺路，旧屋檐下挂着五花八门的店幡，卖咸鸭蛋之类的土特产品居多，店主们很自在，坐在那里倒像是看风景的人。在挂着"清代钱庄"的大门下，一个50多岁的中年人过来要给我们讲解，说这里是银行，过去叫钱庄。说这是清朝时期开的，所以叫清代钱庄。其实这钱庄是胡记钱庄，一胡姓人家开的。它是古镇辉煌的影子。历史如烟，历史也在这旧房子里关着。钱庄的后门就是穿镇而过的运河，因为我们刚从窄窄的老街里转出来，

走读运河

南阳古镇运河

这老街当地人说是"晴不见日,雨不漏水",比较暗,所以一到河边便感觉明亮、宽敞,太阳晒在河面上泛着淡淡的金黄色。

　　沿河边有一座老宅院,先看到一个很大的牌子,写着"四

水上南阳有清欢

南阳湖上的土灶台

马旗杆"几个大字。这座老宅院是清早期的民房，说康熙、乾隆下江南时都在这里住过，皇帝有话在门前可插四面旗，文官到此下轿，武官到此下马。我们没有轿也没有马，所以既不要落轿，也不要下马。可是主人不在，皇帝下榻之处闭门落锁，我们在墙外转了转，很普通的民房，但这古镇却因有这房而厚重了许多。据说当地政府想收买这地方，主人不卖。

看这老街旧铺，石砌的台阶和古式的水门、依水而居的人家，有人说是画，有人说是梦，有人说是水上的世外之地。

时间如流水，无情也有情，既然会流走一些东西也就会带回来一些东西。在镇之南、湖之央，有一个全新的南阳书苑，虽然眼下还空无一人，我们开玩笑说最高最新的文明成了孤独的文明，但是古镇从此开始不会再寂寞了。

午饭是船娘把我们送到另一个小岛上吃的，太阳棚下摆着小矮桌和小马扎。有一个专门烧鱼的地方，三孔土灶烧得红红的，烧熟了的鲤鱼在大铁镬里翻滚。还有野鸭，吃时发现多了一只鸭掌，闲坐无事，我们便逗这老板："南阳湖的鲤鱼四个鼻孔，南阳湖的鸭子也多一只脚？"老板笑容可掬："你放心，东西没少，东西没少。"东西没少，盐倒也没少，一个下午都渴，据说鲁菜就是咸。

28 小李庄上做客

| 3月28日，丁酉三月初一 阴天 | 济宁到枣庄 |

昨日，在南阳湖上看到过独山岛，岛上有山，但太远了点，白糊糊的。上午我们来了东独山岛，山不高，百来户人家依山而居，村中多是平房，也偶有带小院的，靠山面水，很安静也很空旷。

我们问养鸡的大妈，这里是独山风景区吗？大妈指着一块拔地而起像被雷劈一样的大石头笑着说："这里没区有景，就是这块大石头。"她发出了咯咯咯的笑声，"你们是来看这块大石头的？"把我们笑得都不好意思起来，我们原来还真的以为有一个独山风景区的。不过，有没有还倒真没有关系，站在这微山湖畔的渔村，远望有白帆，近闻麦田香，看什么都新鲜，这大妈也成风景中人了，有什么不好呢？其实天底下到处有风景，少的却总是心有风景的人。

小李庄

  临近中午时我们到滕州,在红荷湿地,导游给我们尽情地描述夏日的湿地之美,荷花开了、鱼儿乐了,百鸟来了,游人多了,可就是忘了说你们来早了。
  湖荡深处有小岛,一条小泥路的尽头拦着一道木栅门,插着一枚写着小李庄字样的杏黄旗,一切都在复原当年铁道游击队营地的模样,芳林嫂的小茶馆,刘洪的大队部,飞贼李九的草房依次摆开,这里拍过铁道游击队的电视剧。小李庄上开渔家乐的是一家子人,电是他们用太阳能发的,每日开着飞艇上岛，开着飞艇回家。有一位年纪稍大一点的，看他不大说话，我们笑称他老村长，他坐在树下一支接一支抽烟，和兄逗他"老村长想老情人了"，他很认真地说"没有，对风发发呆，"非常的潮。

滕州可是抗日英雄们鲜血洒沃土的地方。荆水河边的龙泉塔已一千多年了，1938年3月的滕州保卫战中，日寇对滕县城狂轰滥炸，古塔饱受战火摧残，伤痕累累，九死一生。此时我们看它，看的是饱经忧患和坚强无畏的历史老人，"凌云更作弩云势"，朴实庄重，浑厚壮观。

墨子纪念馆和鲁班纪念馆都离古塔不远，二位都是滕州人。墨子是墨家学派的创始人，鲁班是百工圣相。一个地方有如此二位重量级历史人物，滕州了不起。晚上住枣庄。枣庄因枣而名，后来以煤，现在则是以石榴闻名。

29 微山岛自不一般

| 3月29日，丁酉三月初二 晴 | 枣庄到微山 |

枣庄在我的印象中是微山湖和铁道游击队，是煤和鲁汉们，是座有英雄传奇的城市。

房教授又是连夜从北京坐动车过来，十点半到枣庄站，祥和去接他。我们吃过早饭就向微山岛出发。这些天白玛师父走得一直比较轻松，秀海这两天也不错，近百公里走下来了，也没听他喊过累。在路边看见一块很不起眼的小石碑，蹲下身子一看，原来这里就是黄庄，当年铁道游击队经常活动的地方，村东不远就是铁路，游击队在这里打过火车，搞过机枪。

到微山湖边已是11点了，只见水面开阔，主航道即京杭大运河上漕运的驳船来往繁忙。上微山岛要坐小快艇过去。我们买了票，管理员说还要抓阄，我们可是一头雾水，买票

微山岛自不一般

微山岛上铁道游击队雕像

坐船怎么还要抓阄？原来这里船多客少，开船的都是本地农民，抓到谁谁开，最公正的就是抓阄了。船开出不久，教授他们也到了，我们在水上会合后一起上岛。

微山岛不大，却是个神奇和传奇的地方。岛上有三座著名的古墓，第一座是微子墓。微子是商纣王的庶兄，始封于微地，后来他的封地在宋，宋的国都在河南商丘，商丘距微山岛400余里，山水阻隔，居然葬到这里，古意难测呀。第二座是目夷墓。目夷即左丘明《子鱼论战》中的子鱼，宋襄公的庶兄。俩兄弟大不一样，子鱼论战争是英雄气概，而宋襄公则是迂腐固执，被《论持久战》嘲为"蠢猪式的"。再一座就是张良墓，墓前有乾隆二年所立的石碑一幢，上书"汉留侯张良墓"。张良墓有多处，是否真葬于此，也是一个谜。微山岛很小，但不是因其小而叫微山，而是因微子而叫微山，以至其湖叫微山湖，其县叫微山县。我吟了一副对子：一生何其短，有人这样长，算是我的千古之幽思。

而这里更吸引我们的因为这是英雄的岛。50后的人特别崇拜英雄，有着自己坚定的价值信守，几十年过后愈发觉得什么东西叫珍贵，什么东西叫浮云，什么东西叫浮云遮望眼。"少年不知愁滋味，为赋新词强说愁"，哈，现在这个"愁"可不用强说了。

上岛后我们沿环岛路走，车和行人都很少。桃花盛开，麦苗碧绿，油菜花金黄，空气清新。给我们带路的是位四十来岁的妇女，骑个电动车，她聪明，不陪我们笨走，开一段停下来给我们介绍一下情况，拉家常似的。经过吕蒙村时她讲当年吕蒙正落魄时就住在这村，发达后当了宋朝宰相，把自己的名字给这村当村名，我问有史料记载吗？她说这在岛上已流传千年了。她要了我们60元钱导游费，岛上的风气很淳朴。

铁道游击队纪念碑就在微子园西边的另一座小山上，碑呈帆船的形状，王震题字，微子墓是汉宰相匡衡题，英雄的碑是国家副主席题，字非所谓书法却质朴大气、骨力雄健。偏午的太阳下，纪念碑高大肃穆，庄严雄伟。碑座上有一幅雕塑，平静的湖面上，战士们弹起心爱的土琵琶，十分传神，平添了许多浪漫主义的生动。

带路的人也管我们吃饭，见中午已过，频频相催。我们见边上有个博物馆，想顺带着把它看了，进去才发现小窥人家了。新石器时代的东西一个展室，汉代以下的玉器一个大展室。祥和兄有玩古董的爱好，流连忘返。还有一个专门是大秤小秤的展室，其中一块玉，雕刻精美，叫权，也就是秤锤。古人说"智必知权"，不知权者愚。用权不易，知权也难。

我们下岛时，"西边的太阳快要落山了，微山湖上静悄悄"，湖面很大很远，湖山天色无边无际。

30
到了最美丽的古城

3月30日，丁酉三月初三	微山到台儿庄
阴天	

今天按计划是从微山县的韩庄闸到峄县的万年闸，30公里左右，然后去台儿庄过夜。

韩庄闸在微山湖东南方向的韩庄老运河上，明万历年间始建。乾隆写这里的诗是"韩庄水气（汽）罩楼台，雨后斜阳岸不开。人在长亭深处好，风帆一一眼中来"，比起他那些枯燥乏味的乾隆体，这诗稍多了些诗味。博阳、海波他们几个从北京来的年轻人，看船舶从闸口开过翻起阵阵浪花，追着拍照。横过一条铁路桥，穿过一个菜市场便是运河岸边。大树下、大门口总有些人在聊天，他们就在岸上住，是运河上的人家，看了一辈子的船。半小时后，我们走上胜利渠的岸堤。运河是个系统，它不仅仅是一条河，比如今天我们走的胜利渠，它没有通航，但就是运河的支流。

台儿庄古城

    今日阴天无风，是个走路的好日子。行道树长得高，一眼望去三五里都齐刷刷的。我们开始的这两小时都保持着930的配速（步行速度为每公里9分30秒），走到这份上，虽不敢说快似一阵风，但迈的都是大步，步步匀称，却是实实在在的速度。

    台儿庄我这次是第三度来了。第一次是与孔庆元等一班人一起来的，老孔黄昏边给我发了个微信，他还记着小学校

途中午餐

的校训,"写端正的字,做有礼貌的人"。有用的话都是简单,让人记得住的。比起那些想得美、说得好、做不到的东西实在、恒久。说到此,却也勾起另一番感慨,世间事总是大话好说小事难做呀。

乾隆爷都说这里是"天下第一庄",自有它第一的地方。它始肇于汉,明清时十分繁荣,"商贾迤逦,一河渔火。歌声十里,夜不罢市",今天当然更繁华。我在想,如果没有1938年春的那一场战火,台儿庄现在会怎么样呢?联想起此番一路看到的河西务、四女寺、张秋等地方,它们都曾经是运河上的骄子，有过光彩夺目的岁月，现在可是凤凰落毛了。其实台儿庄，张秋和河西务、四女寺等都是这千百年来运河兴衰存亡大故事里的小故事。由而想到万物的兴衰，一河如此一地如此乃至草木也如此。而能周而复始，一切从新的开始，生生不息，却是天地人的共同法则。这一圈又一圈地转，一次又一次地循环，是漫长的、由不得我们的。当然天地讲运势，天地也最讲秩序。春雷一响，蚯蚓都会出土，秋风一起，黄叶便飘零。这有法则吗？如没有，怎能"天地节而四时成"，如有，这法则是哪家定的？又是谁在那里管？想到此，竟兴奋起来，睡意全无了。

建克兄从北京过来，到台儿庄与大家会合，金顺灿也回来了，夏伟平明天到，我们这又成了热闹的大家庭。晚上，枣庄正泰销售公司老总蒋海永在大槐树庄甲鱼馆设宴为我们接风洗尘，民间说甲鱼汤滋阴光火，吃了走得更稳健。

住的地方今晚没暖水。这里可还是春风料峭，冲一把冷水需要咬牙坚持了。

31
由鲁入苏

| 3月31日，丁酉三月初四 晴 | 台儿庄到徐州 |

  早上游览台儿庄古城。看见古县署柱子上挂的对联写着："船渡八闸但愿河安若镜；风扫四壁何妨署冷如冰"，我等品评良久，传统文化之美比起现在某些硬巴巴的标语口号要耐人寻味多了，就这联而言，虽岁月已远，但透出的情怀仍有热度。

  台儿庄是英雄战争之地、中华军人扬威不屈之地，与滑铁卢葛底堡，凡尔登齐名。古城的一块遗址区保存着残存的几幢房子，墙上布满累累弹痕，"无墙不饮弹，无土不沃血"，让人毛骨悚然。台儿庄最热闹的街头有一张当年的实拍照片，一位敢死队员身绑手榴弹手持大刀即将出发，我的眼睛迟迟不愿离开，感动来得很真实，一种血性的视死如归的力量直抵心头。街头有此一景，显出了台儿庄的与众不同。

古城很漂亮，每一个街头巷尾都值得游览、值得流连。但徜徉其中，寻找的不应该仅仅只是好看的街景、好看的建筑，散落的岁月中有美好也有残酷的印记。

或许与我前二年乐清治水的经历有关，我喜欢去看看古镇水街水巷的码头，这里有一种叫法叫水次，都不大，在我们乐清这些叫码头，更多的叫埠头。这里码头都立有碑记，比如王公桥码头，记载就很详细："明朝万历三十二年（1604），总理河道工部右侍郎李化龙开泇竣工，离任前在台庄公馆前建此码头。因乾隆皇帝曾在此登岸又称御码头。咸丰五年（1855），王公胜修台庄公馆桥梁，后人名为王公桥，码头改为王公桥码头。"码头可以停泊船只，还可以淘米洗菜，眼下可是空无一物，了无一人，历史却像毛毛细雨落在身上，湿漉漉的。

台儿庄古城重建也迟，已经是2006年以后了。据说厥功至伟的人是当年枣庄市的市长，现在下海经商了。范仲淹有句名言叫"不以物喜，不以己悲"，老朋友滕子京刚刚被贬谪，心里不舒服，这话开导得很得体，但不是一般人可以够到的，这是大彻大悟、心上无我的人才有的觉悟。

午饭却有意思，在台庄南的一个街口了。白玛师父、祥和和秀海、顺灿他们吃面条，这店说只有四碗面了。建克在隔壁吃大米饭，我与教授、博阳、海波在挨着的另一家店里吃羊杂汤加大饼。饭后，我们踏上了台儿庄运河大桥，这桥一跨苏鲁两省，过了此桥我们就要离别山东进入江苏了。顺

台儿庄运河大桥合影

灿拿出了从西宁带过来的小旗子,红底白字,"走读运河"四个大字正式亮相,下一站就徐州了,快到江南地面了。运河里船来船往,一派繁忙。

  下午走的都是小砂石路面,踩上去有点打滑,脚踝特别吃力,走短路没什么感觉,一长就特别吃力,白玛师父都叫脚走痛了。好在路两旁杉树成林,也有不少的羊群,让人看着舒服。在一个叫望母山的地方歇息了一会儿,至此下午也十好多公里了,转过弯到山前是国道了,我们也就从这里坐车去徐州。

由鲁入苏

徐州郊外

晚上正泰徐州公司的陈小喜置了一桌淮扬菜招待我们，饭店从门口到大堂，一排灯笼挂到底，映得满室金黄，很喜气，有暖意，但满身尘土对华堂雅致总有点不自然，但等三杯酒下肚，便酒里不知身是客了。古人把这酒叫做洗尘，至少今天于我们是十分贴切。

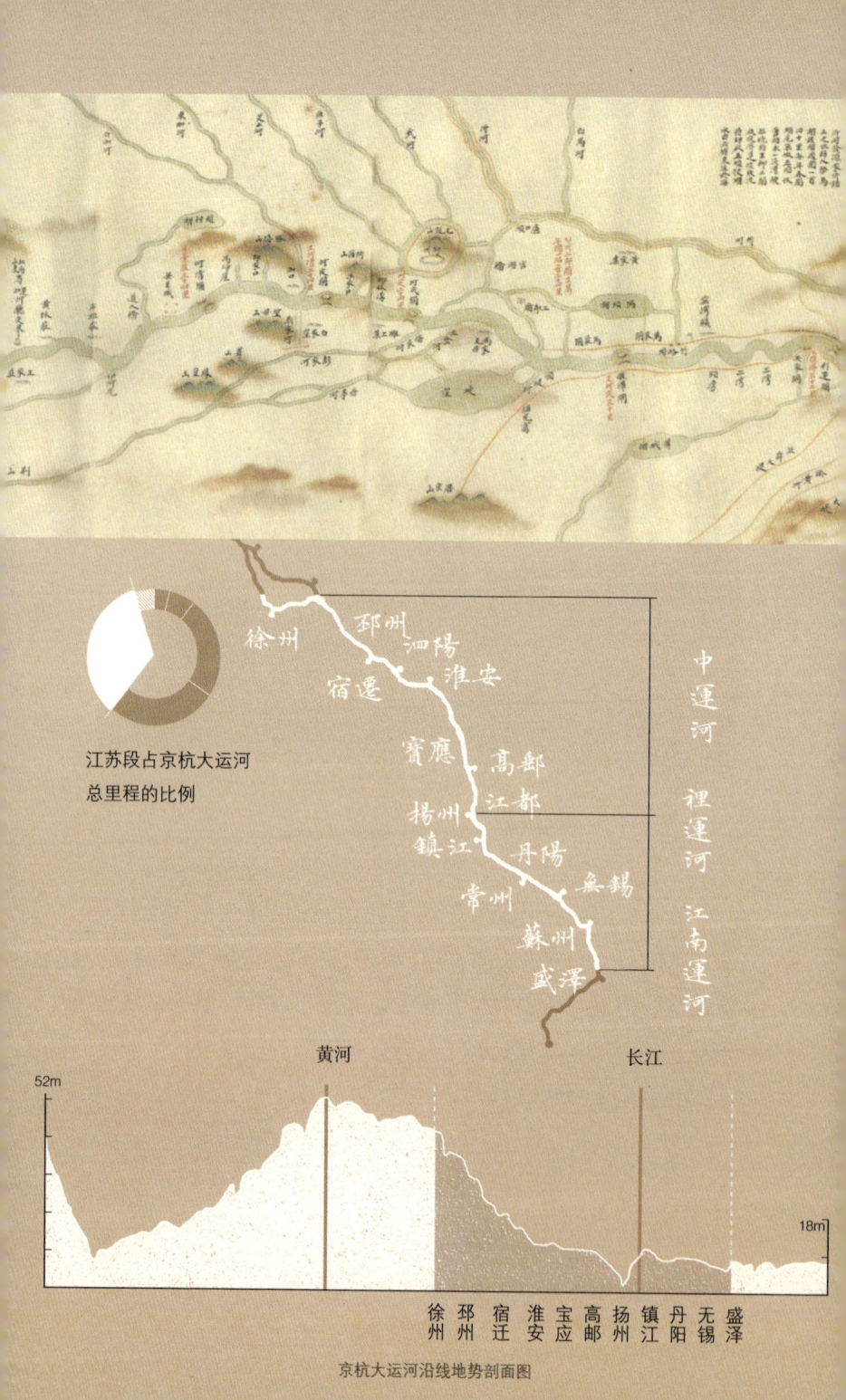

江苏段占京杭大运河总里程的比例

中运河　里运河　江南运河

徐州　邳州　泗阳　宿迁　淮安　宝应　高邮　江都　扬州　镇江　丹阳　常州　无锡　苏州　盛泽

黄河　　　　长江

52m

18m

徐州　邳州　宿迁　淮安　宝应　高邮　扬州　镇江　丹阳　无锡　盛泽

京杭大运河沿线地势剖面图

江蘇段

4月1日—4月23日

徐州——邳州
邳州——宿迁
宿迁——泗阳
泗阳——淮安
淮安——宝应
宝应——高邮
高邮——江都
江都——扬州
扬州——镇江
镇江——丹阳
丹阳——常州
常州——无锡
无锡——苏州
苏州——盛泽

32
一夜到彭城　过我黄楼下

| 4月1日，丁酉三月初五 晴 | 徐　州 |

　　在通州那天晚上冯钺过来送行时说到徐州，调侃说"不南不北，不大不小"，他是徐州人。而入我脑的对徐州的印象是"楚韵汉风，南秀北雄"，有着光辉闪耀的历史。黄兴说"南不得此，无以图冀东，北不得此，无以窥江东"。徐州还是古代的九州之一，说是四千多年前，神州大地洪水滔天，大禹治水之后，分天下为九州。从古之彭城到今天的徐州，也不知这地底下已经叠了几层古邑古城。

　　我们去了云龙山、云龙湖。因微信号云龙兄的缘故，哥们就说云龙兄上云龙山游云龙湖云龙有约，朋友在其欢愉就无时无刻不在。凡城里的山一定有好东西，果然，云龙山上有北魏的石佛，唐时的摩崖石刻和慕名已久的放鹤亭、饮鹤泉和招鹤亭。此番读《放鹤亭记》，和以往不一样，尤觉得

三龙湖

其文风疏朗爽然,大文豪为心而写,清风明月和自由同在,爱怎么高兴就怎么说。我在念"归来归来兮,西山不可以久留",天色渐暗,祥和兄在边上催的倒也押韵,"走吧走吧回去吧,云龙湖上酒凉啦"。云龙湖美丽大气,太阳落到水面时一片通红，情景热烈，我们到湖边时已是华灯初上，湖面慢慢复归平静。想起了苏东坡的诗，"云龙山下试春衣，放鹤亭前送落辉。一色杏花三十里，新郎君去马如飞。"

上午去了一家石刻收藏小院，也是私人办的，就在龟山汉墓不远，它与北辰的那家不一样，老石碑、老牌坊、老台门，多了南方的和民间的东西，小桥流水亭台楼榭，俨然是一座古代园林。石狮子园里，上百头石狮子神态各异、大小不一，或卧草中或伏树下，儿童们沸腾一片，摸着狮子头，仿着狮子吼，声音稚嫩却也明亮，生机勃勃。

秀海的女儿清儒在徐州读书，后来就留在这里工作，她会写古诗词也喜欢写新诗。她来看她老爸，同时送给我一首她的新作，字却是繁体版的，我摘了其中几句，以留作旅途的纪念。

我攜十裏春風送你，
風裏的氣息，
同故鄉很近。
在襲人的花香中，
似乎還有微咸的、海風的味道，
於是我在風吹竹林的聲音裏，
聽見海浪的蹤跡……
咫尺雲龍戲馬旁

33

路不平坦心平坦

| 4月2日，丁酉三月初六 晴 | 徐州到邳州 |

在离开徐州往邳州走的路上，谁如果把十里桃花想象成桃花源那般优美惬意，那你肯定错了。时过正午，我们从徐州港出发到这里已经走两个多小时了，却见前面淡淡的红云一片，走近发现是一眼望不到边的桃园，千万棵桃花正开。都说桃花树态优美，枝干扶疏，花朵丰腴，色彩艳丽。"桃之夭夭，灼灼其华"，千百年来千百万人为之歌为之颂，可今天灼灼的不是其华而是我等其背。东边的大堤挡了风，很闷，太阳是这一个月来最猛的一天，晒在身上如慢火游走。这经历和感受也不知是多少年前的事了，至少近二十多年没有过。桃树都还很矮，也可能多日没有下雨，泥土都干巴巴的，桃花瓣上一层黄泥，没有人面桃花只有泥巴桃花。不老河上鹅鸭悠闲地浮在水面，这时满脑子是水的清冽甘甜，可偏偏

不老河上的渡口

今天谁也没带水。花蔫巴巴人也无精打采,脚步带起的风搅得尘土浮动,风卷黄尘和汗流,说徒步的苦与乐,这苦是多种多样的。

我们加快了脚步,像要逃离似的。好在不老河仍然保留了几个渡口,在渡口的亭子里稍坐会儿,风一吹,这烦躁也

路不平坦心平坦

不老河上戏水的儿童

就会被吹走了。大家互相开着玩笑，桃花会成妖精的蒲松龄式故事也都出来了。

说济宁正好是一半，现在都过徐州了，离杭州又近一步了。其实，一半也好近一步远一步也罢，大困难不多小困难却是何其多呀。就说一个吃字，尤其是中午这一顿，乡村没饭店，所以村中超市、家庭小卖部成了我们的首选，教授和白玛师父喜欢方便面，这方便面往往不是"康师傅"，而是冒认他的远房亲戚"康食傅"，我喜欢吃饼干喝茶水。中午不能吃饱，吃饱了会犯困不想走了。在河北的某个村子里，没方便面也没饼干，店大妈只有她自己烙的饼，最后她说我给你烩烩，所谓烩，是大饼切成条，倒一些开水下去煮。大妈的拿手却不是我们的菜，一口一个饱。

133

走读运河

十里桃花

这些都过去了，前面有什么困难对付什么困难。人说回眸一笑百媚生，六宫粉黛无颜色。我等是回眸一笑百味生，路不平坦心平坦。

不老河是徐州境内的一条千年古河，史上也是微山湖唯一的泄洪专用河道，因为洪水经常泛滥成灾，也被称为不牢河。其实，徐淮大地上几千年间，因黄河决口，几百里顿成汪洋，人或为鱼鳖的景象也不知其数了。有资料显示，有记

路不平坦心平坦

凉亭中休息

载的黄河决口就达 1000 多次，改道 26 次，海河和淮河之间纵横 25 万平方公里的土地上都是它横行的地方，所以今日的不老河可是经过了几千年驯化才平静下来的。

　　三点多遇到一个骑摩托车的青年人，告诉我们说可能前面有一段没路，到了后面却发现还真的不是路，从坟堆里绕过来绕过去，好在人多，我们也不怕。快五点了，终于走到塔山镇，离邳州市区已不远，我们在一个公路边的水果摊上买了几个梨子吃，口干舌燥酸梨也甜。

　　晚上洗衣服的浴缸里一层黄泥。

135

34
邳州有银杏、王杰和古窑湾

| 4月3日，丁酉三月初七 晴 | 邳 州 |

从我们住的这个饭店出去就是邳州的银杏大道，十分宽敞和美丽。邳州也以"银杏之乡"闻名遐迩，想象一下上万亩的银杏森林，冬至后金叶抖落，像万千只蝴蝶在空中飞舞，却是多少迷人。她的城市建设好像正在快速键上，但也遭到不少批评，说是"纵意所如"，个中长短非局外人能说得清，市容市貌的改变却不容小觑。

早上一个猛走就过了十公里，第一站是运河镇张楼乡，这里是英雄王杰牺牲的地方，建有纪念馆，烈士的墓也在这里，墓正面及两侧墙壁上有毛泽东、周恩来、朱德、董必武等老一辈领导人的题词。我的少年时代是学习雷锋和王杰的时代，"一不怕苦，二不怕死"的精神在那个年代光芒四射。王杰牺牲已有52年了，今天有机会来到这里，必须向烈士鞠

邳州有银杏、王杰和古窑湾

个躬,行个礼。明天就清明了,邳州人民没忘记他,来凭吊的人不少。

我们的另一个目标是窑湾古镇,它在新沂市,自唐武德元年(618)建镇,已有1400多年历史了。我们从王杰纪念馆向南不远即上大堤,堤外即是京杭大运河,流向骆马湖。宽阔的河道,蓝盈盈的河水,枯黄的芦苇,碧绿的麦田,黑乎乎的驳船,嫩芽初上的小树林,如在画里却比画生动。

古镇三面环水,其格局一点也没比州县小,高大厚实的古城墙,古城墙上几间古城楼,杏黄旗招展。进城门第一眼的感觉是游客真多,临河一街全是人。街边有一架大秤,一个穿着清朝戏衣的大汉在司秤,靠近看看原来在称人,发现坐上去称的都是不十分胖的。民俗馆里有一根秤,号称"窑湾第一秤",最小起花80斤,最大的花是1300斤。

街道很狭很长,而两侧的楼很高,巷子很深,正所谓街曲巷幽、宅深院大。古民居、古街巷、古店铺、古码头、古宅院、古会馆、古作坊、古商行、古货栈、古典当古色古香,保存得都很好。据介绍清末民国初期,窑湾镇有商号、工厂、作坊等360多家,其中钱庄就有13家。东三省货物经窑湾远销东南亚、日本以及中国台湾等,当年镇上设有美孚石油公司、亚细亚石油公司和五洋百货等外国公司。外国的汽艇、国内的小货轮在窑湾码头来往穿梭,河面桅樯林立,往来船只南达苏杭,北抵京津。到民国初期,镇上常住人口达3万人,流动人口达1.5万人,故一时有"小上海"之称。镇上有江西、

老读笔泐

山西、山东、河南、河北、安徽、福建、苏镇扬8省的商会馆和青海、浙江、东三省等10省商业代办处,驻有美、英、法、俄、意、荷兰、加拿大等国家的商人和传教近百人。

从通州至此,经过古镇古码头之地不少,但有过那么多外国人和外国生意的,窑湾是第一家。

杨柳树下一个中山装在拉二胡,地上的鸭舌帽里有几张零钱,我站着听了一会,觉得这地方这二胡咿呀却也恰恰很配。突然想起这个"配"字,这可能是天底下最有学问的一个字,凡万事万物、有形无形和这个"配"字无不有关系。其大到天体宇宙,普遍到世界上一切事物的对立联系及其运行变化,鱼儿离不开水、瓜儿离不开秧,凡排列组合的都离不开这个"配"字。就我们写文章、写诗填词也讲究这个"配"字,字就这字,句不同句,便成文章辞赋。我说老家却是最有文化了,吃饭、喝酒的菜肴直接就叫"配",招呼客人吃菜叫"吃配",夹起吃叫"夹起配"。

别过拉二胡的,过了一条小桥,见一个穿长衫、戴学士帽的将小鼓敲得起劲,唱得也起劲,还配有手势,唱到动情处脸红耳赤,眼睛发光,我足足欣赏了五分钟,放下一张钱。再往前走,又过了一条小桥,是一个卖糖人拨浪鼓的。一根小竹棍按个小篾片,上面有个小泥人贴个牛皮纸,一摇小泥人就转,小篾片打在牛皮纸上"嗒嗒嗒嗒"地响,勾起了小时候的记忆,我掏钱买了一个。

古镇是历史的,留在记忆里,留在发黄的纸张里,留在

赵信隆酱园

街巷宅院、会馆商行、货栈作坊、钱庄典当里。我们去了赵信隆酱园店，南北四道宅院，青砖小瓦楼房66间，临街门市有一副对联却也有趣，"黑酱自黑非墨染，甜酱微甜是蜜香"。后园摆着几百个大酱缸，每个缸上都盖着一只大斗笠，只是发酵中的味道实在重了些。我们开玩笑说，头戴大斗笠，肚内有乾坤。窑湾的绿豆烧和甜油是特产，打的都是乾隆牌子，说皇帝怎么爱吃他家的甜油、爱喝他家的绿豆烧，绿豆烧他们称之为"绿酒"，在一个资料上写着，"绿酒作为御酒长期进贡皇宫，至今已有300多年"。

35
走入了油菜花的天地

4月4日，丁酉三月初八	邳州到宿迁
阴天	

上午在黄墩湖的南岸，一个叫胡楼村的地方开始走。油菜花怒放，金光灿烂，辉煌夺目，直伸向望不到尽头的前方。此时也正是桃花盛开的时候，金灿灿红艳艳绿油油，春天的好颜色都在这里了。河道树早已成林，疏密中间有一种苍黑的颜色，映着黄墩湖的水，深邃却平和。

今天是清明，我从地里捧了一抔土，撮而为香，望空三遥拜，愿老父亲在天堂里能看得到。

天空阴沉沉的，偶有点儿细雨，黄泥土路干干净净。记得通州码头出发时我曾说"每步向前都是春"，此时是真实地走在春天里，沐浴在春风中。湖上有船驶过，略比我们快点，教授竟与它并行跟着跑，他一高兴就跑在春里，走还不过瘾呢。有一对情侣，哥哥划着船妹妹坐船头，咿咿呀呀的桨声似乎是从画里传出来的，靠埠时我们喊："能让我们拍张照吗？"

白玛师父

划船的扬了扬手,女的本来已从船头站起要上岸了,重新坐了回去。我们祝他们幸福,他们大声喊着与我们说再见。

教授穿的是湖绿色的冲锋衣,白玛师父是绛红色的外套,我是蓝色的运动衫,春天的田野上,宁静的小村口,我们成了流动的风景。小船上的情侣是这样子看的,村里的人也是这样看的,他们会问:"旅游的?"我们说:"走路的,"他们此时会疑问:"走路的?走路怎么走到这里?"当告诉是沿运河从北京走过来时,他们很惊讶,这些一辈子住在运河边上的人,可能就从来没想过有这样一码事。

两点多我们到了宿迁地面,沿皂河往骆马湖走,据说因为河底是黑色的,所以这河就叫皂河,地因河名,这地就叫皂河镇,而且是个有名的古镇。这里有座陈家大院,是清朝嘉庆年间的,共六进院落,有会客厅、账房、老爷房、小姐房、炮楼等等,我的兴趣不在它的建筑,而是这百年的主人上,它最早姓马,后来姓陈,抗日战争时期被日军占据,20世纪50年代后归集体所有,做过粮仓、轮船站、杂品站、针织厂、

黄墩湖上的情侣

福利厂,如今复归陈姓,但已非旧主。而以我的感觉,其所经历过的沧桑和不凡,却已变成了一种温厚的慈祥和包容。

这里另一处名胜景点即是乾隆行宫了,龙王庙改建的,乾隆六次下江南,五次住在这里,龙王和人王在一起,规模宏大,气势磅礴。其中的御碑亭也是皇家气派,黄色的琉璃瓦屋顶,十二根朱红抱柱擎托着六角重檐。看到亭中央的"圣旨",我们就说背后一定是乾隆的御制诗,转过来一看果然是。"层甍临耸坝,峻宇镇回涡,毖祀精诚达,安澜永佑歌",

澈汤师傅

老态龙钟，暮气沉沉。现在也有不少此类的诗，想起了古时候日本良宽大禅师的话，"最不喜欢书家的字，诗人的诗和厨师的菜"。

四点多下起了细雨，这温顺且略带点凉的雨很是提神。我只觉得在这样的细雨朦胧中走在骆马湖边，一辈子也只此一回。入晚，湖只剩下无边无际的灰白，雨雾中的灯光很亲切，一团团黄晕被水雾雨丝围着，远看个个像飘浮的大圆球，似连着骆马湖的某种神秘。

晚餐有风味小吃，宿迁的澈汤和油盐锅饼。服务员介绍这"澈"读 să，澈汤用牛或羊的脊椎骨头架子做主料，花椒，胡椒还有辣椒是少不了的，还有丁香、回香和大蒜，熬一夜才行，我们问，不用牛羊用鸡鸭行吗？服务员说都行，那叫鸡 să，鸭 să。

味道很鲜很美，就是太辣了点。

36
骆马湖上，雨雾空蒙

| 4月5日，丁酉三月初九 | 宿迁到泗阳 |
| 阴天 | |

骆马湖大，也很美，有一首歌叫《清清骆马湖》，其中写道"清清的骆马湖啊，一望无穷，站在那湖岸上，从西望不到东。秋水养肥虾和蟹，碧波怀抱菱和藕，丰收的渔歌一声声唱到我心中。"我们住的饭店也大，就在骆马湖畔。昨日雨雾中进来没看清楚，大厅宽敞，把桌椅移开，做个篮球场绰绰有余。从登记的前台到住的房间，走过好几条廊道。清早围着饭店转了一圈却是仙境一般，小湖小池小树林，入口的小广场上有座雕塑，一朵硕大的明黄色牡丹金灿灿像在慢慢张开，开出一天地的富贵气。雨在夜里已停了，地面上散着淡淡的水汽，你脚步快一点就会踩上它似的，高处则烟云流动，挂在树梢头，挂在高楼上，世界空灵轻盈，想飞也就只少一双翅膀了。不过，谁如果这时候能给一双翅膀，我

骆马湖上，雨雾空蒙

泗阳黄河古道

们还不会要呢，好时光要慢慢享受和体验，就怕太快。

宿迁市城市规划馆是我们今天的第一站，方圆走一圈我看在三公里以上，广场也很大，万国旗飘扬。但不知道什么原因，空无一人，开无一门，我们绕着它走，竟然迷了路。不远处的体育馆在装修，看去像北京鸟巢。都说宿迁的经济在江苏是排在十三个地级市的末位，而上午我们看到的这节奏和气概，谁还相信它是垫底的"江苏十三妹"？

离开这儿我们去了项王故里景区，游客很少，表演也取消了，有点冷清。门口是一尊项王紧勒双缰，烈马腾空的雕塑，拔山之力、盖世之气却也似磅礴欲出。教授有事又要离开了，我们在街边的小店吃了碗饺子，算是小别为他送行，然后就往泗阳出发。小谢阑尾手术回家养病后，这些天都是金顺灿当驾驶员，我们逗他地位提高了，从副驾驶的位置上扶正了。正泰从北京也派了辆车和驾驶员过来，小孙这人特好，与大家很配合。

从宿迁到泗阳树多尤其是小树林多，几乎每个村庄都被树林环绕着。有些村庄虽然被拆得七零八落了，炊烟消失已久，但鸟语花香依然。昨晚我查看了一些泗阳的资料，其森林覆盖率达百分之四十八，城区人均绿地面积达十二点八平方米，而且每五百米就有一个公园。耳听为虚眼见为实，下午这一路走来，我是羡慕不已也感叹不已。

晚饭前我们就在饭店前的运河公园里走走，桃红柳绿，花团锦簇，加上华灯初上，天将暗还亮，运河里霓虹倒影，

骆马湖上，雨雾空蒙

轻波流动，天地万物很是美丽。这里被当地人自豪地称之为"泗阳外滩"，站在这里再往东南方看，望不到头的地方就是黄河古道以及正在成长的黄河森林公园了。在老码头，我们看到了泗阳县政府立的一块石碑，很质朴，它没有像其他那些被皇帝踏过的码头那样写上个"御"字，捎带着石头都神气十足。

这几天的行程彻底改变了我的苏北印象。记得2000年前后接待过好多批次苏北来的县市领导，作为沿海经济发达地区，乐清可谓名气在外，他们是来参观考察的，也有来招商引资的，还有几个县市派干部到柳市和虹桥这些经济强镇挂职。我们感觉自己是比较走在前面的，这次看了就不敢讲这个话了。如果比GDP或居民人均收入，目前我们可能还要高一些，或许高出比较多，但如果说生态和居住环境条件，人家泗阳是每五百米一个公园，仅此一比便觉得怆然怅然了。

晚上继续看泗阳的有关史料。她建县已经2200多年了，西汉时期曾两度封王，史称"泗水国"，与徐州的楚国、扬州的广陵国并为江苏境内的三大诸侯国。京杭大运河在泗阳一分为二，其南入洪泽湖，其北入新沂河。眼下，无论是运河还是整个泗阳，都是有史以来最美丽和最繁华的了。

37
淮水东南第一州

| 4月6日，丁酉三月初十 晴 | 泗阳到淮安 |

上午第一件事是去"中国杨树博物馆"，看中国的杨树之王。最大的一棵高达五十来米，其冠如盖，叶子初生，嫩绿新黄，风吹过，漱漱声响，蓝天下犹如一团绿雾浮出，我倚树靠了一会，似乎都能听出它长芽的声音了。

黄河古道也是必须去的。据史料介绍，宋朝太平兴国八年即公元983年，黄河夺泗，运河被截断，南北漕运要借道黄河经过，由于风高浪急，这一段也被称为黄河险道。康熙二十五年，在宿迁、泗阳和清河之间开凿了"中河"，京杭大运河才又重新全线贯通。黄河夺了运河，人又凿了运河，黄河险道成了黄河古道。我盯着这天这地和这些树儿，一遍遍地看，天道无情，沧桑却留下了痕迹。眼前脚下的这些可都是真实的？杨树林看不到尽头，迷人的小路上散落着还是

与杨树之王合影

去冬的枯叶。看久了，一度间发觉古道不是古道了，树非树了，一切的真实都让我看成不真实了，甚至我问白玛师父，这一路我们是一步一步走过来的？师父也说好像就在昨天，好像已经很遥远。

林间没有车来往，唯闻鸟儿啼叫。这里流动的是清新的空气，人在其中似沐若浴。就这样我们走了一个来小时，看看都十二点半了，便向村边拐，看到三间小屋门口坐着二位老人，屋前屋后全是树，老人八十多了，蹒跚着一前一后出来与我们打招呼，这手扬了又扬，古道的质朴都写在他们的脸上。

傍晚时分，我们已在淮安的古淮河上了。坐在小亭子里，看古淮楼孤独地立在一个小山坡上，河里芦苇在下午的阳光下不停地摇摆，像在做着热身，准备着春天的潇洒。我们到清江浦时已近黄昏，这是个老埠头，也曾是灯红十里，帆樯如林的繁华之地，乾隆感叹"便觉景光非北地，行看佳丽到南邦"，这却也是乾隆诗中不多见的好句。这里从宋朝时已有一条从末口到泗口的沙河，明永乐年间，一个叫陈瑄的官员将沙河故道重新疏通，与古邗沟连接，易其名为清江浦。今天我们说运河伟大，其伟大在于它是由无数人无数次一锤锤一锹锹挖凿出来的，三千多里运河每一寸都是有血有肉的。

"南船北马，舍舟登陆"的石碑就在入口处，它是对清江浦最繁华的那段岁月的纪念。另一个碑是"若飞桥"，淮安的朋友介绍说，清江闸在 1939 年初被日军炸毁，1946 年由苏皖边区修复，改闸为桥，为纪念王若飞烈士，命名为"若飞桥"。这里还有一段故事，他说后来新四军北撤，国民党军队将石碑扔进了运河。1951年初只打捞出"若飞"二块碑石，"桥"字没找到。历史是无数事件发生的叠加，若飞桥是清江浦的红色印记。南岸见一塔凌云，薄暮下显得冷峭，我却想起了一句现代的诗，"点亮古渡的街灯，生起温暖"。

石码头就在"若飞桥"边上，台阶踏步有点陡。可也不知道从古至今有多少帝王将相、才子佳人和达官显贵、富贾豪绅从此经过，那时最有本事的男人和最漂亮的女人，也会像今天奔北上广一样奔到清江浦和淮安这些地方的。至于平民百姓更是无数，仅清雍正年间的一份奏折称，石码头上领有执照的拉纤脚夫就有十二万人。可眼下除了这一河平静的水，和几根裸露的粗实的条石外，又有谁留下半个脚印？人呀，神圣不可但也渺小无比，微尘一粒。

夜尚早，想起了清江浦和它的南船北马，突然起了诗兴，录如右：

眼前柳絮飞南北，曾是同河分马船。夜火连淮存旧记，煌煌历史亦如烟。

38
洪泽湖上莽苍苍

| 4月7日，丁酉三月十一 晴 | 淮 安 |

上午看了苏皖边区政府旧址后的第一感觉是：屋子很小，事业很大。一个院落，四幢平房，边区政府主席和机要科、秘书一个房子，充其量四五十平方米。而那时他们管着73个县，2500多万人，新政权得有多少事要做啊。中共中央的指示也是那么简单明了，比如中央1945年10月24日关于同意华中分局各委员名单的来电，摘录一段，以为好文风的范本："酉养电悉。中有一段几个名字译不出。关于华中局名单我们意见不必提过多的人，如福建、浙南秘密党无法到会者不必提出。徐海东不知近来病况如何，可否到山东休息。如徐到山东亦可不加入。"无一句套话，无一字含糊，可见战争年代的风格。

参观过后已十点多了，我们即动身去洪泽湖大堤，从苏

第八天了

泗阳运河

走读运河

苏皖边区政府旧址

北灌溉总渠高良闸起步往蒋坝镇走。蒋坝镇是洪泽湖最南端的古镇。白玛师父和顺灿都说今天放松一下,不定指标,走多少算多少。

洪泽湖大堤全长67公里,已有1800多年历史了,其靠水的一面全部是直立的条石,从明到清用了171年有的说用了204年时间才建成,用的条石都在1000斤以上,6万多块,我们说这是文物级的大堤。

大堤蜿蜒曲折,说是有108弯,每一弯都是风景。途中我们在林下休息时,碰上一班挖藕的人,他们问:"来玩的?"

我们笑着说:"走路玩的","走路有什么好玩的,那边有个邓艾喝酒的地方",并用手指了指方向,我也不知道他们是从哪里知道邓艾在这里喝过酒,"好啊,等会去看邓艾喝酒,现在先看你挖藕。""人家是三国大将,我们挖藕有什么好看。"这些人很朴素,但却快活和有趣,挖藕是件很累的活,他们说着话的时候都乐呵呵的。堤外是洪泽湖的风景,三两渔船,一湖碧水,而这长堤则是人文,是历史,它能使人变深沉起来。这些挖藕人的祖先一代代或许都是当年洪泽湖大堤上的民工,这堤与他们便有着一种出自生命深处的联结。

湖上的风也带三分水汽。看到湖边飘着一条船,在这茫茫的水天上孤孤的,但却很有宁静的感觉。

祥和今天从乐清回来,乐永也来了,他们都在傍晚的时候到。吃饭时和兄开着乐永的玩笑说:"阿永,你才七八岁时就说要长快些,大起好跟哥的同学们玩,这回真的了。"大家抚手而笑。稍迟些房教授也从北京回来了。

39
细雨清淮里

| 4月8日，丁酉三月十二 阴 | 淮 安 |

今早第一个出去的是教授，八点多就发微信回来，说已在河下古镇了。白玛师父、和兄、灿总和乐永他们九点钟去周总理纪念馆，这里我来过二次，所以我要去看一下龙窝楼，约好在总理故居与他们会合，它们挨着的。

龙窝楼檐牙高啄，斗拱层层，宋太祖赵匡胤在这下过榻，等于龙窝过，便是龙潜之地，名字虽老土，却是皇家名头。门锁着没开，站在下面看了一会。"宋太祖下榻处"匾额为罗振玉所题，罗是晚清的著名学者。楼前是一对石狮子，块头巨大，使门前的龙窝巷显窄小了。

和兄的老战友刘洪成、许长春，还有淮安广电的朱天羽科长，今天全程陪着我们。先后去了漕运总督府、淮安府署和中国漕运博物馆。当年淮安的漕运总督府权重位高，现仅存一个台门和一片遗址。但在漕运博物馆,现代的4G信息技术使它得以还原,一匹从徐州南下的快马,到了淮安城外,伴随着"圣旨到,速开城门"的画外音,城门徐徐打开,见到的总督府是画梁雕栋,飞檐翘角,雄伟壮观,气势恢宏。

到河下古镇时已近黄昏,走进估衣巷,旧街旧巷旧门坊旧店铺,石板铺街,还有被车轱辘磨出的印痕,恍惚时光倒转,似乎回到了一个非现实的古老年代里。小巷里小木门分明就在眼前,但关门走动的声音又像是从很远的地方传来。

河下是古邗沟入淮河的古末口,至今已有2500多年了,它在明清时是老淮安的重要商埠,《河下志》中记载,当时这里有108条街巷,44座桥梁、102处园林、63座牌坊、55座祠庙。而到清末,"高台倾,曲池平,子孙流落,有不忍

淮安漕运总督府旧址

清江浦上僧人

言者,旧日繁华,剩有寒菜一畦、垂杨几树。"这是那个写"消遣残冬易,绸缪未雨难"的清代诗人黄钧宰在《金壶浪墨》中写的衰败时的河下。

天色渐暗时下起了雨,烟雨中的石板街和灯光、店幡、老牌匾都变得湿漉漉的,乐永跟我说,"下了雨,古镇灵气十足的",是啊,灵字前面加个水就叫水灵灵了。河下古镇出的大文人是写《西游记》的吴承恩,第一武将是巾帼英雄梁红玉。

细雨清淮里

河下古镇

刘战友们在文楼设宴,请我们吃淮扬菜,淮安区委宣传部张部长也专程过来陪我们。"会说淮安话,就把厨刀挎",淮安人懂生活,据说小小的长鱼可做108道长鱼宴。长鱼即鳝鱼,这叫法与我们一样,乐清鳝鱼也叫长鱼。文楼那有趣的对联也是小有名气,上联写着"小大姐上河下坐北朝南吃东西","小大姐"是淮安人对未出阁的姑娘的称呼。几百年了,下联还空着,但上联一直高高地挂着。

40
一日尽在花中游

| 4月9日，丁酉三月十三 阴 | 淮安到宝应 |

上午九点来钟我们在淮安的三堡乡下车。有名的淮安船闸就在这里，淮安船闸是运河上最繁忙的船闸，它的上游是淮河、里下河和大运河。我们从一线船闸桥、二线船闸桥和三线船闸桥分别经过，闸口停满了等待过闸的船舶。

过这三条桥后到了运河的右岸，往前四五百米右拐通过一条小石桥，进入村子，完全是另一番景象，宁静而又清新，与过船闸上机器轰鸣、百舸争流的场景相比犹如天地迥异。回头见白玛师父他们从桃花小径中转出顺着小石桥过来，比画里还美还生动。

出村口，唰的一下像舞台拉开了帷幕，金灿灿的油菜花铺天盖地而来，田野上、池塘边、房前屋后全都是，运河的护坡上也是一派金黄明亮，瞬间让人陶醉。这里的油菜长的

虞海泽和赵乐永，油菜花的世界盛开在田陌上

一日尽在花中游

淮扬运河

高,都要过我的肩头了,个子矮小点的就平头顶了,难怪有人把它叫做花海,风吹过,便怒海狂潮般的涌动。我们想着"花海"一词,便把京剧《智取威虎山》那"穿林海跨雪原"的词改了,学着它那个唱腔也是一通吼,"穿花海跨平原气冲霄汉……"河岸上杨树高大挺拔,不远处沃野平畴是千里碧绿的麦地。这时候神仙也想欢呼雀跃,海泽和乐永平地蹦跳而起,双脚腾空,豪情万丈,白玛师父和和兄都蹦了好几回,此刻一跳,一生难忘。

三堡乡到宝应县的运河上没有桥,但有渡船,待渡的人有推自行车的，开小三轮的，但少挑担的，这与我少年时的印象不一样了。几十年前，老家也有渡船，扁扁的，行人要自己拉绳过河。那时站在渡船上的感觉现在还能想得起来，叉开双腿，若有点小风小浪还扎个小马步，看船舷摆动，河岸徐徐向后退去。逢着下雨，艄公蓑衣和箬笠上的雨水直往下滴，渡船费却只是一分或二分钱。也有些渡口是有船无人，近似野渡。几十年好快，弹指一挥间，今天这熟悉而久违的渡船、渡口，使我再一次回想起儿时情景，免不了长吁短叹，不为过渡，只为沧桑。

中饭照样没地方吃，我们怕乐永和海泽饿肚子，他们也说不饿。这也奇怪，坐办公室要吃三餐，如此走路却二餐就够，海泽开玩笑说可能哪个管消化的开关暂时给关了。在一个小店里，我们吃了几块饼干。这里还在淮安地界，叫平桥镇，拐弯过了小桥就是宝应县了。店主说自己在这路口开店已十几年了，还没见过有人从淮安步行去宝应的。

晚上小宴，为孙海波饯别，小孙是正泰北京公司的司机，一个很负责很诚恳的人，明天就要回北京，我们感谢他的支持和辛勤的工作，北京路远我让他明天一大早就走，他说一定要等新驾驶员来交接好了再走。

身边每天都有感动你的人或感动你的事。

41

春雨相伴上了文游台

4月10日，丁酉三月十四 雨	宝应到高邮

早餐时我想起了宝应和《柳堡的故事》，20世纪50年代的电影《柳堡的故事》就是在宝应拍摄的。那风车、板桥现在不见了，但小桥流水，河上轻舟和池塘莲藕、青葱麦田，却是早上要走的这路上的风景。

当我们经过氾水镇西园居时，这个平静的村庄涌起了一阵热闹。这是个村却起了居的名，从东到西长约二百多米，村庄结构像一个"非"字，一条水泥路从村中间穿过，左右横着各三五座平房，规规矩矩，灰砖青瓦，大小高矮一致，他们是20世纪50年代末从堤外整体搬迁到堤内的，堤外就是京杭运河，堤上也是满世界的油菜花。喇叭里正放着一首很好听的歌，估计全村的人都能听到，有人在扭腰扭屁股，却像商场下班时常见的情景。我们踏着音乐进村，感觉到一

赵乐永　　　　　　　　　　虞海泽和金顺灿

种喜气洋洋，村里人也亲热地跟我们打招呼，只是出村以后我们才想起来，刚才忘了问一个重要的问题，村里这房屋怎么可能几十年都没变？

到南水北调宝应站时，下起雨来了，这是自出门以来的第一次在半路遇雨，于是便上车进城。上车才知肚子饿，人也开始乏了，却见漫天雨色，高邮湖朦朦胧胧的，也分不清雨丝湖水了，只见得一抹抹青春绿从窗外拂过，到处有诗意，无处不情调。

住下吃了面条，稍事休息后，便有人提议雨中高邮湖散步去。众皆雀跃，先去文游台。文游台是因苏轼路过高邮时

春雨相伴上了文游台

雨中游文游台

与秦少游等文人名士于此饮酒论文而留下的,乾隆曾叹"何必当时嗟禄薄,却教终古羡文游",文游台可谓千古风流。

一下车就看见南大门的牌坊,三间四柱,横额上的"古文游台"四字为清康熙年间人物王士祯所写。此时雨很大,雨水浸街,也沿着石柱蚯蚓般地往下流。我们则顺着石阶上,

走读运河

"红衣总管"郑祥和

眼前就是"盍簪堂",乍一看"盍簪"二字便卡壳了,古老深奥,赶紧问询度娘,"盍簪"原出自《周易》,晋朝人注的是:"盍,合也;簪,疾也。"唐朝人的解释是"群朋合聚疾来也",这就有点活泼的意思了,原来是叫朋友快来聚会,大文人掉大书袋。堂内东、西、北三面嵌有石刻的《秦邮碑帖》,再往上便是文游台了,高踞土山之巅,是一座飞檐翘角的歇山式二层楼台,室内两侧山墙上嵌有《秦邮续帖》。琳琅满目,却也眼花缭乱,便买了一册复制本,回去慢慢欣赏。

从文游台出来,我们去了镇国寺。雨下得有点大,衣裳穿少了点,雨打着有点冷。镇国寺据传是唐朝皇帝唐僖宗的弟弟举直禅师的道场,镇国寺塔很有名气,是四方形的,与西安大雁塔一样,不凑巧,它圈起来正在修。我听朋友说,镇国寺的塔因始建于唐,称"唐风",宋代重建,称"宋骨",明时在塔外加了一层,称"明包体",到清朝,上面三层被龙卷风打掉,重新修复后被称之为"清三级"。

镇国寺就在新运河的湖心岛上,水天烟雨,钟声杳杳,却是可遇不可求的了。

42 今日走的多是泥泞路

| 4月11日，丁酉三月十五 阴 | 高邮到江都 |

　　高邮因秦时"筑高台置邮亭"而得名，也叫"秦邮"，是国内唯一因邮而名的城市，正如乐清是国内唯一以音乐打头的城市。雨后的高邮城清新干净，我们去了一个与它的名字有关系的地方——盂城驿，盂城也是高邮的别称，盂城驿的建立已是明代的事了。因为秦少游说过"吾乡如覆盂"，盂就盂吧，这城叫盂城，驿便叫盂城驿。明朝在主要邮路上一般每隔10里设一邮亭，次要邮路则20或30里设一个。盂城驿是大驿站，仅马房也有60多间，驿长是九品，比七品芝麻官还小二品，芝麻孙一辈了，但他直属朝廷管辖。这盂城驿里有个马神庙，塑有一头大白马，栩栩如生。想来当年驿使们身背公文袋，不分昼夜，飞奔而来飞奔而去的这些情景，它应当都看过。

今日走的多是泥泞路

江都运河大堤

老读运河

乐永脚上已经走出水泡,我陪他在平地上转转,和兄他们则登上鼓楼,伸出身子,挥着手,像大首长检阅似的,还高喊着让我们把他拍下来。

下一站是江都,望文生义,有江之都的意思。因为长江、淮河和大运河都在这里打卡,说诗意点是长江流其南,邵伯湖居其北,通扬运河贯穿东西,京杭大运河纵贯南北,还有运盐河、芒稻河,等等。我们看了二次船舶过闸,是南船北上,水是北高南低,船先入闸,然后把南面的闸关上,启北闸开始放水,船舶随之浮起,等与北河的水齐平时,便放船出去。"万舟飞渡一毛轻,闸锁蛟龙浪不惊",一点也不假。

从高邮去江都的路不长,但又是另一种难走。刚上堤时挺好的,砂石路面,走起来嚓嚓嚓的很带劲,也因昨日的雨,树梢长出了不少,枝头叶也绿多了。可没走多远,嚓嚓声还没过瘾,遇上了松软的泥巴,看似好好的路面,踩上去却一团泥泞,鞋子也成了泥鞋,大家只能在路边挑些有草的地方下脚。想起了苏辙写给秦少游的诗,"濛濛春雨湿邗沟,篷底安眠昼拥裘",同是春雨湿邗沟的季节,诗人是坐着船抱着被子看运河的雨丝飘柔,要舒适有舒适,要诗意有诗意,却没有像我们与大自然这般亲密,有一脚无一脚,一脚一泥泞,我们这走的是花式步伐,不潇洒也不行。是什么路就走什么路,依然看运河水流,依然看油菜花开,依然乐呵呵地快活。

好不容易见路的里侧有挡土墙,三十来厘米宽,四十来

今日走的多是泥泞路

邵伯湖的小船　　　　　　泥泞

厘米高，虽要走得步步小心，但总算解了泥泞之苦。到了一个村，好像叫渔六村，也是我们早上到现在碰上的第一个村，水泥路做得很好，一个大妈告诉说接下来一直到江都邵伯镇，十五公里都是这样的路，好一阵子高兴。不过，后来的事实是水泥路并没有像大妈说的十五公里，大概去了一半，还有一半是马上要做的样子，仍回到了泥泞。我们在一个养鱼棚前的空地上稍事休息，主人不在，一头狗叫个不停。仍然走挡土墙，高高在上，心无旁骛，目不敢斜视，步步踏稳。只是热情的油菜花会经常地拦着你，非要把它的金色给些你不可。再下去挡土墙也没有了，好在河坡是石头砌的，可从沿坡的石头上过。

快下午五点了,我们终于到了邵伯船闸。坐在邵伯湖边,看太阳一点点西沉,湖面上虽没金光万道,但也是金光闪烁。在岸边的瞭望塔上,一个人在练小号,或刚学不久,吹吹停停的,在这静悄悄的湖上,倒也嘹亮。

这一路上,走过黄沙漫天的路,走过阡陌田路,也走过车流滚滚的公路,这回走了这泥泞沾人的路,越来越全了。

43
邵伯有个"大马头"

| 4月12日，丁酉三月十六 晴 | 江都到扬州 |

今天我们从邵伯镇的邵伯船闸开始往扬州城走。

邵伯镇曾叫过步丘，叫过甘棠，现在这地名的由来却与东晋谢安有关。一千六百多年前谢安在此做过官，筑堤治水德泽一方，而他是春秋时期西周召伯的粉丝，在古代"召""邵"同音，便把步丘改为邵伯，他筑的堤称为邵伯埭，镇是邵伯镇，湖是邵伯湖，这闸就是邵伯闸了。先人有功德，地方有渊源。这闸到了唐朝叫斗闸，宋代叫西河船闸，明代叫邵伯六闸，民国叫老船闸，还是蒋介石给题的字。

河是老运河即最早时的古邗沟，沿河古街是康熙年间修的，石板路面，古砖古瓦古门台，宽仅二三米，古意盎然，我们游兴也盎然。过去这镇上应该是三坊七巷热闹非凡才是，半路上看见了一个牌楼，觉着这牌楼特别有古韵，瞪大眼睛

老读里河

邵伯码头

看,才发现写着"大马头"三字,这可不能小瞧了。至于大码头为什么写成"大马头"还没去考证。大概是古时马、码通用,《儒林外史》里就有这样的说法:"船家解了缆,放离了马头,用篙子撑了五里多路,一个小小的村落旁住了。"大马头是有记载的,康熙、乾隆多次在这里上过岸、下过船。据当地资料介绍,在一个寒风凛冽的日子,林则徐也曾从这里南去。一拿收音机的老伯告诉我们"镇江小马头,邵伯大马头",念着祖宗的荣光和发达,也是一种精神享受。大马头对岸是"潘家古渡"的遗址。多桥、多渡是邵伯镇的特色,

邵伯有个大马头

芒稻河上

桥梁多渡口多故事就多。街头立有两块石碑,一块是"金堤之固",一块是"甘棠保障",清朝的。

我们没多逗留,沿河而下,出古街口,看见到处在种树做路,给露出泥土的地方铺草,看来古镇有心思要作旅游了。

今天23公里,到饭店住下也才四点钟,少有的早到。然后便是冲澡、泡茶,看着这古树红茶的琥珀色从壶里倒入杯里,茶烟流动,茶香飘逸,心情大好。

44

今作扬州游,我亦瘦西湖

| 4月13日,丁酉三月十七 晴 | 扬 州 |

  正逢烟花三月的时候,"杨柳绿齐三尺雨,樱桃红破一声箫",但我们决定先去雷塘,到隋炀帝陵作一瞻仰,并向他叩首致谢。在唐代以来的后世史家笔下,隋炀帝无疑是一位亡国毁家、荒淫暴虐、乖张无道、百无一是的昏君兼暴君形象。一个被推翻的王朝和皇帝是听不到好话的。但就凭着今天我们有运河可走,向人家感谢一下也是应该的。何况隋炀帝在我心里的位置是千古一帝,有学者认为运河史也是中国史,我很赞同。炀帝陵不大,一进门就可以看到坟包了,"君王忍把平陈业,只换雷塘半亩田",在炀帝陵前我们恭敬地鞠了三躬。

  想起"隋炀帝,下扬州,一心看琼花,陆地去行舟。到头来,万里江山一旦丢"的段子,知道了真实就会有太多的无聊,

今作扬州游,我亦瘦西湖

扬州运河

这琼花始种于唐,隋代还没呢。

我看"雷塘"石上的铭文,比有些无聊的酸文章要好得多。"汉代作水库,唐末长宽数里,明中叶涸塘为田,到今天只剩下原雷塘最深的遗存",写得清清楚楚,最不清楚的是历史。

喟叹归喟叹,叹罢我们去游瘦西湖,"两堤花柳全依水,一路楼台直到山",美是美到家了。今天是周末,孩子很多,很热闹,公园正在办万花节。或许刚从炀帝陵过来,见琼花盛开，便有了不止于对其芳姿绰约的欣赏，而是想于她背后的传说了，花有了故事便成了名花。记得镇江金山公园门口那副对联是"有山有水有林亭映带左右；可咏可觞可丝竹怀抱古今"，过两天就可以看到了，此时吟给琼花听听，自己也有了点小感动。

　　游园是能养闲情逸趣的，这闲和逸说来最便似的，却也靠千年修得。有种闲是时间，有种闲则是修为，这闲工夫和闲功夫是有别的，修来的这闲和逸就非人都能有了。园里有好几家卖书的，这感觉真好，有个词叫应景，有一种应景叫公园里有书。

　　我喜欢读读对联，瘦西湖是名园，其名联自然多，看到好对子，会让人流连忘返，乃至爱屋及乌的。我也喜欢给白玛师父拍拍照抢个镜，他身上有股超凡脱俗的魅力，乐永则喜欢拍顺灿，说他迈开脚步甩开双手赶路的样子特别的潇洒。总是匆匆而过，因为旅途的脚步匆匆，人生也是旅途，这也匆匆那也匆匆的，而此日此刻此人此湖此景此游，虽也匆匆，却应该会悠长。乐永戴着个宽檐高顶的毡帽，歇着一只鸽子，伸开两臂，又飞来二只停着，一手也没空，其乐融融，美好无处不在。

　　现在想来，先拜雷塘，带几分苍凉来看这满园春色，却是对的，这看到的就不仅仅是桃红柳绿了。于是拟了一个对子：今作扬州游，我亦瘦西湖。

45 京口瓜州一水间

| 4月14日，丁酉三月十八 晴 | 扬州到镇江 |

早上八点半，顺灿、乐永去镇江坐动车，一个回西宁，一个回乐清。送别过后，我们出发往瓜洲走。

从饭店出来几百米就是扬州有名的四望亭，四望亭向东，便到了大东门桥，这是条砖石拱桥，尚有瓮城的影子。桥边小而精致的民房，包子铺里的炊烟，窗前晾晒着的五颜六色的衣裳，河上神定气闲静守着鱼儿上钩的人，如果不是桥上络绎不绝的车流，这是个市井气很浓的地方，养人尤其能养文人。在桥上只站了一会儿，脑海里出现早年读过的《浮生六记》，沈三白和芸娘的故事就发生在这里。

我们沿梗子街河边往南走，这名字起得有趣，这河明明是小秦淮河，但河边的路却叫梗子街，街边有口古井，井台上的老石头锃光发亮。走不多久，便到了小东门桥，它建于

小东门桥

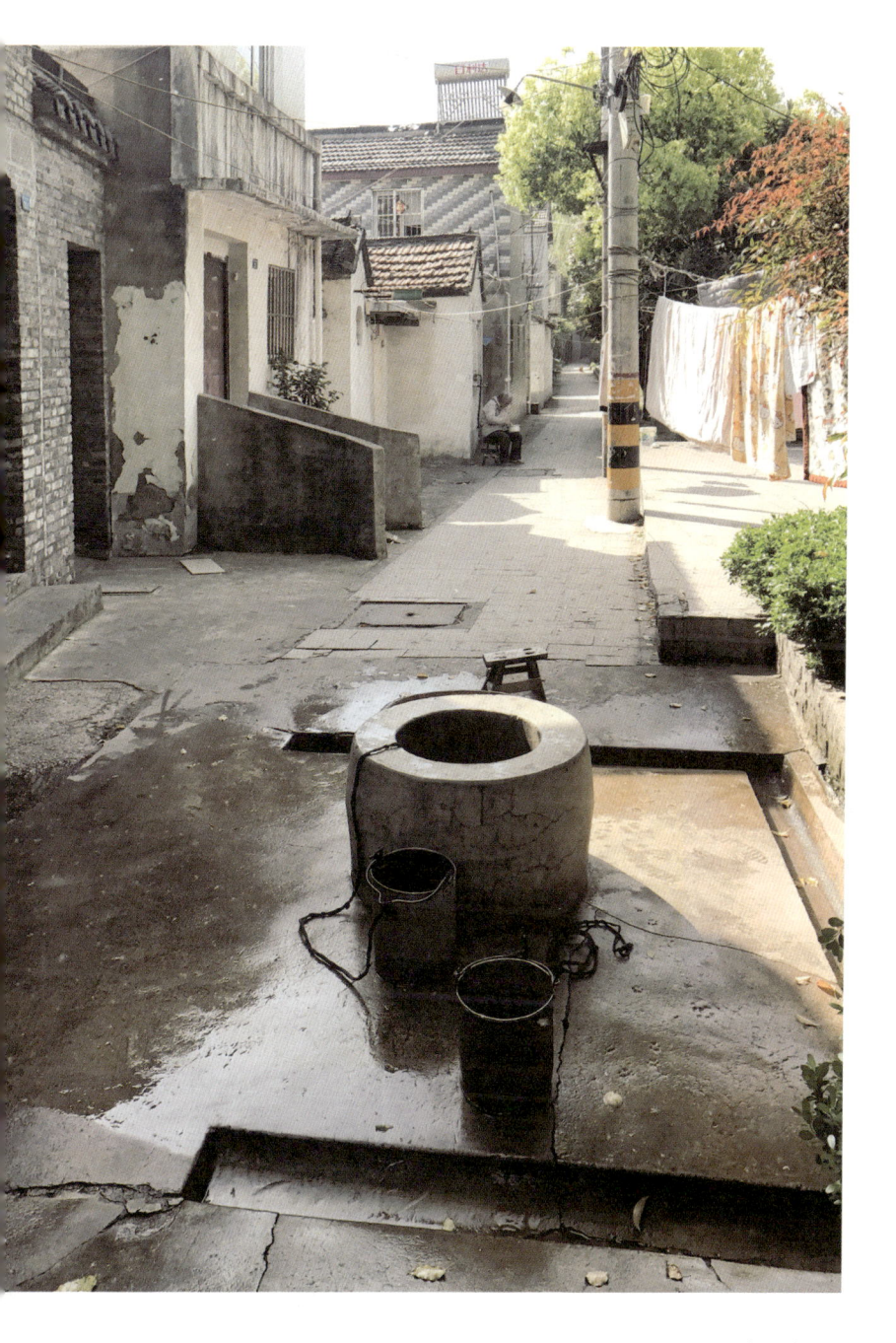

梗子街

走读运河

明代,也是砖拱桥。据说大东门、小东门过去都是木吊桥,是扬州有名的四水关六吊桥中的二条桥。史可法就是在小东门桥上被清兵抓捕的。这里飘散着的历史硝烟,落在黑乎乎的桥砖上,流淌在小秦淮河上。

杨花季节,路上杨花飘雨,路人一边走一边挥手赶杨花,却也成了一道小风景。

再往前就是古时的钞关之地,挹江门是在旧址上重建的,与小秦淮河也就隔个数十步,与钞关紧挨着。这里曾是秦楼楚馆、茶寮酒肆林立的地方,"扬州夜,花月拥邗关。锦瑟两行倾玉碗,红灯千影照珠鬟,春露不曾寒。"康熙年间号称红豆诗人吴绮写的这词,写的就是这里,可见这钞关之夜是何等繁华绮丽。

运河尚在钞关前,一人很热情地给我们指了路。沿河左拐,见那望江亭高耸,便顺河向前直去,一大妈对着录音机在跟唱,咿呀呀咿咿呀的,就一句,唱过去又倒回来,倒回来又唱过去,不亦乐乎,我们在她面前经过时,她也没感觉,无怪乎"台上一分钟,台下三年功",专注到这份上,可见戏迷这"迷"字不简单。但这唱过去又倒回来于走路却不是好东西,居然成了我们的走过去又倒回来。由于前面施工路给断了,这施工也不搞个牌子通知一下,等我们绕一个很大的弯,重新回到原来的地方时,太阳已在正头顶了。

第八天了

从这里去邗江区的路不错,但到了一个注明是运河三弯段的地方,正在造公园,规模宏大,在里面弯过来绕过去的,我们又迷路了。于是干脆在大树荫的绿草地上,舒舒坦坦地躺着睡了一会儿。昨晚江苏大学的严教授请客,多喝了几杯,经此一睡,算是全给睡出来了。想起了以前自己写过的诗句,"树高千尺,我坐清荫三米;翻书不到百字,闲心已入梦里"。天变得热起来了,太阳晒在身上发烫。这可苦了白玛师父,他不怕严寒就怕热。

沿河一路下来也无村庄,自然买不到水喝。路上的树还小,不能遮阳,好几处在铺柏油路,铺草皮。河水清河道直,这里再过二三年,一定很漂亮。

瓜洲没来过,但像"泗水流、汴水流、流到瓜洲古渡头""楼船夜雪瓜洲渡、铁马秋风大散关"之类的诗却是亲切,一个地方能有几首诗让人读读是多么的美好呀!

夕阳照亮江面,渡轮的汽笛在这长江之上拉响,还真是既粗野又悠长,顿时生出苍凉中的豪爽来。

吴志安孙乐燕夫妇俩说要陪我们走到拱宸桥,今日从重庆飞过来了,此时和他的朋友已在饭店。晚餐他们安排在镇江郊外农家小院吃鱼,很多鱼还没见过,有一条鲶鱼竟有十多斤重,嘴巴很大很阔,估计胆小的筷子都拿不起来。一望无际的绿畴田野,茂密的小树林,其乐融融的朋友们,说些

挹江门旧址

旅途上的故事，喝着小酒，人生的乐趣翩翩而至。

晚上九点多，包建武葛微拉夫妇、张相永、刘武豹和他的朋友，还有陈凌峰，叶建国和高元辉、林家尧、钱希文都过来了，他们趁周末也要尝尝运河走读之滋味。

46 满眼风光北固楼

| 4月15日，丁酉三月十九 晴 | 镇江 |

　　昨天下午我们是连车带人渡过长江的，这是现代人的经历，江面不宽，很快就到对岸了。而我原来是想找一下金陵古渡口的，唐人张祜的"潮落夜江斜月里，两三星火是瓜州"，诱人千年。后来想想算了，想象总是美好些的，现在到处是灯火通明，哪里去寻两三星火？

　　今天我们是作"三山"游，金山、焦山、北固山，都在长江边上，不高也不大。滚滚长江水，古往今来，多少人在这里激情燃烧，留下千古事业或千古长叹。

　　首先去的是金山，殿宇栉比，亭台相连，遍山布满金碧辉煌的建筑，难怪有人说"金山寺裹山"。一塔则凌空而起，突兀云天，让人顿时生出庄严和崇高。人们礼佛敬香，也有人念念不忘法海和尚，这和尚有点冤，他可是金山寺的开山

满眼风光北固楼

长江

祖师，出身名门，老爸是唐宰相裴休。有说他斗败蟒蛇，也有人说白蟒受他点化，化龙归海了。如此这般，他与蛇有关系，与许仙却无瓜葛，好在大出家人有通天容量，恐也不与人计较。

　　去了芙蓉楼，因为王昌龄的《芙蓉楼送辛渐》太有名气了，人们念兹在兹的"一片冰心在玉壶"就出自这里。说也奇怪，我老是把它念成"芙蓉楼送渐辛"，大概是我有多位朋友叫建新的缘故。芙蓉楼可以多地有，芙蓉楼送辛渐的诗天下就

镇江北固山

这一首,北固山、北固亭也一样,"何处望神州?满眼风光北固楼"。人们可以不见此山,不来此山,但挡不住这诗里词间的千古豪气。

东斜来的几位朋友却也有趣,元辉兄喜诗,平时也会来几句,偶尔在朋友圈里晒晒。家尧懂三国,还有一位钱希文,他们三人是四十多年的老战友了。钱希文这老兄诙谐,会冷幽默,对林家尧说:"喏,多景楼到了,孙尚香在里面,漂不漂亮你先进去看看。"弄得林这老实人不会回话了。

焦山是渡轮过去的,山下寺院山顶万佛塔,庄严国土。我则奔"瘗鹤铭"而去,焦山碑刻博物馆里有它的专门一室。

瘗读"yi"，第四声，瘗鹤铭则是葬鹤而作的铭文。有说作在梁代，也有人说在晋，或直接说是王羲之写的，但都无确证。它原来在焦山西边的崖壁上，坠落江中七百余年后重新打捞上来。我们看到的是五块残石，九十三个字，其中还有十一个不全。黄庭坚说"大字无过瘗鹤铭"，清朝王澍说"其书法虽已削蚀，然萧疏淡远，固是神仙之迹"。我是惊诧莫名，以它坠入江中七百多年几度入水几度出水的特殊经历，已是了无尘俗，却有龙奔江海虎啸山岳的气势和力量。

47
这里的运河没堤也没路

| 4月16日，丁酉三月二十 晴 | 镇江到丹阳 |

　　想不到镇江到丹阳的运河边上是没有路的，与北方不一样，北方大部分地方都有河堤，与仅一江之隔的扬州到瓜洲也不一样，却与乐清相似，乐琯运河边上也没有通行的路。

　　这却令我们失望，原来以为到了江南，路是沿运河走的，树是参天的，路面不是塑胶至少也是柏油的，可这真的没有。

　　早餐后，在省道上开了一会车后转到村里，这村名却有趣叫庄前跳，听人说在这绕过前面村庄可沿运河去丹阳。下车四望春草如碧，油菜地已成一片淡淡的黄，花谢成荚，那种扑面而来气势恢宏的灿烂过后要转向成熟了，但也有不甘心稍纵即逝的，仍留在枝头作着成熟前的最后招摇。

　　村里的房子大多是二层楼，看起来比较新，平房普遍旧些。这里离运河尚远，我们沿着乡间的小道走，俨然已是一支队伍。老钱是这支队伍中最年长者,白短袖西装裤,绅士风范,却是殿后队员。二位女士包得像粽子,太阳当空照,就怕一个晒字。

大家是来走运河的,可是运河连个影子都没看到,有点失望。半个多小时后到了大博镇上,打头阵的传下话说,往左拐走一段公路就到运河边了。公路上车来车往,吵、杂和油烟,还有拂过的热气和尘土,让人生出烦躁。好在时间不长,前头又传来话说再一个拐弯就到河边了,老钱却先拐入超市买了盒风油精,我们逗他是要借风油提风神了。一直过去,穿过一条横街再上桥,桥头折向右便在运河岸上了,村

在丹阳的田野上

走读运河

三女侠　葛微拉（右一）、叶乐燕（中）和路人

内的路牌上写着运河路几弄几号的。河上船过发动机的声音听起来也是那么雄壮浑厚，可是没走多远，路弯到村里去了，等再出来时运河又不见了。村口有池塘，青青的水草、光滑的石阶，安静的几无声音，高元辉说梦回童年了，陌生的村子却是熟悉的风景，这演绎的是别样的乡愁。

走出村口，南望运河隐约，路却没有了，只能从地里小径上过，脚下是小麦，路旁长满紫云英，还有槐豆，紫云英开着红色的小花，槐豆树上开着水蓝色的小花。苏北农村树比较多，这里不多。连续二个多小时太阳底下在田间小路上绕来绕去的，不说走累晒也晒软了。包建武晒得满脸通红，流汗不止但仍拍照不息。这班人虽不是锦衣玉食、富贵骄人，但这二十来年有谁走这样长过,也够难为他们了。

我们走的好像是近路,近路经常会走错。从出发到现在,这一路上,也不知走了多少错路多少弯路。有时都看到前面城市的灯光了,却是隔河相望,桥少的地方左岸右岸一差相去便是十来里。因此我们也有了三句固定的经典式短语,早上出饭店会说"走吧走吧,一直往南,大方向没错",第二句是"不对呀,好像走错了呢,应该是对岸那路呀",第三句话就惨了,"妈呀,又走反了,走南怎么闯北了",房教授的京韵京腔特别有节奏感,每逢此等情景,大家仍是乐哈哈的,我们都是乐天派,有趣和快活是我们的宗旨。

晚上丹阳的朋友请我们吃河豚,乐清话把河豚叫作"乌嘟",这是个吃"乌嘟"的好时节,想起了清人写的一首诗的后两句:"直得东坡甘一死,大家拼命吃河豚。"

48
沸井涌泉很神奇

| 4月17日，丁酉三月廿一 阴 | 丹阳到常州 |

我上车时白玛师父已在车上，跟我说天就像知道我们心里想的一样，夜里下那么大的雨，早上就没有了。他总是那么真诚，对天的感恩也写在脸上。昨晚丹阳的雨很大，小花园里汇水成流，夜雨打窗，灯光也是湿的。

丹阳的朋友陪着我们驱车去延陵镇九里村，季子庙就在这地方，已经有两千多年历史了。季子是春秋战国时期的吴国公子季札，高风亮节三让王位，封地在延陵，也叫延陵季子。

季子挂剑的故事流传很广。说徐国的国君很喜欢他的佩剑，他心里明白，但在出使的途中自己还有用不便相送，等他回来时，这徐国的国王已去世，于是他把剑挂在这国王的墓前，并说我当时心里已把剑许他，没讲出来而已，人不能无信，自己心许过的要做到。

沸井涌泉很神奇

雨后空气清新，四周空阔，散散落落的房子已没人住，老居民们都搬到新村去了。

通往季子庙是条石板路，已很有些年头了，我们在村口下了车，也没游客也没本村的人，河对岸是条公路，车子过不来，河上是一条古石桥。庙内有"呜呼有吴延陵季子之墓"十字篆文的墓刻，据传为孔子所书，史称十字碑。季子也是吴氏的一世祖，三哥姓吴，两夫妻忙着向始祖鞠躬作揖。

这里称奇的是沸井涌泉。一位穿着唐装的男子给我们作解说，另一人拿着个提兜和一叠纸杯跟着，他是舀水给我们喝的。一块二十来平方米的长方形地上，是六口古井，相距尺许，井水沸涌，而且是三口清三口浊。第一口井里的水喝起来味近啤酒，第二口井的味近苏打水，第三口的井水则可以洗眼睛，洗后还真舒服了不少。这唐装男子说CCTV都来拍过，也有不少人在研究这其中的奥妙，但都还没讲明白。白玛师父的神色很是认真，他说这是神水。南朝有本书叫《异苑》，讲到过这里的沸井，这样一算，沸井至少有1600多年了。也是南朝，有位叫张正见的写过《行经季子庙》一诗，"野藤侵沸井，山雨湿苔碑"。现在看不到野藤了，人们现在保护有加。

时近中午我们参观了丹阳石刻博览园。这是我路上看到的规模最大的一家了，藏品也丰富，七千八百三十件，与天津北辰和徐州那二家比，门楼牌坊类的大件少一些，佛像比较多。这全部藏品是一位丹阳籍的加拿大华侨捐的，博览园

沸井涌泉

则是丹阳市政府建的，可谓各得其所。据说政府为此投资了四个亿，给了这八百亩风水宝地，我为这华侨庆贺，为丹阳庆贺，也为丹阳的当政者们点赞。

下午的路虽非沿河，但还好，树荫茂密。穿村过乡、出城入廓，到常州时，已是金乌西沉，华灯初上。包建武他们早上各自回去了，东斜来的几位朋友，继续跟我们在一起。徐云峰昨晚过来，才走两个来小时，连呼力不如人。林家尧与钱希文是儿女亲家，林的儿子是钱的女婿，已准备了丰盛的晚餐，这酒就有了家宴的味道。他叫科，三十多岁就在常州，已二十来年了，有成熟商人的干练，又有其父为人淳厚的基因。

49 到了瞿秋白的故乡

4月18日，丁酉三月廿二　晴　　常州到无锡

常州古迹多人物多，一不小心就会碰上。从天宁寺出来往前三百来米，我们在路边等车，扭头一看，墙上竟嵌着"赵翼故居"的牌子。赵翼是清代著名史学家、诗人，他的"江山代有才人出，各领风骚数百年"，名气很大。

我知道瞿秋白是常州人，今天终于有机会去他的故居和纪念馆。这故居是常州的瞿氏祠堂，这是他的故居或就是他的寄居，他出身绅士之家，但他的父亲会诗会画就不会治家，落魄了才会住到祠堂里，这得受多少白眼呀。早年读过瞿秋白的一些资料，不知哪本书我忘了，说1912年常州城庆祝"双十节"，街头店铺乃至家家户户都挂起红灯笼，瞿秋白却在自家门前挂了一盏白灯笼。别人居有家，他却宿祠堂，少年的心不平呀。

瞿秋白塑像

　　这个祠堂共有三进,在第二进有他的塑像,好像是石膏像,古铜色,儒雅风流,书生意气。屏风上刻着他的诗,"我是江南第一燕,为衔春色上云梢"。瞿秋白牺牲时才36岁,他在1927年8月至1928年7月，是中共中央主要负责人，但也是受打击和排挤的人。长征开始后他留在根据地被俘，1935年在福建长汀就义。几年前我曾去长汀拜谒过他的就义之地，他是自斟自饮，喝完酒，盘腿而坐令敌人开枪的，表现很是洒脱大气，这平静和从容才叫惊人。

我读过他的《多余的话》，他对人生反观之深，内心之坦荡和剖析之无情，令人读而生畏。照片上的他很秀气，面容有点苍白。纪念馆里刻有他的一句话，"为大家闯出一条光明的路"，这光明也应该包括心路。

常州的天宁寺很有名，这佛门也真有钱。寺中的天宁塔2002年建造，2007年开光，气势雄伟，据了解仅楠木就用了5000立方，铜饰品1000多吨。方丈的题词随处可见，有这5000方和1000吨打底，人的气焰自然也高。广场上有一排平房，售票的、认捐的、购香烛的一字排开，招牌醒目。清静之地还开了一家祈福邮局。

午后我们由横林镇起步去无锡，运河沿岸正在改造，泥土成山，只有小路的影，我们就沿这路影子走。这样走了一段，这影子路也没有了，而是宽约四十厘米的河坎，见到有水渍的，或是芦苇这类水草拦路，我们每步都小心翼翼。吴志安夫妇和胡成虎问题不大，可苦了白玛师父，中途他跟我说头都晕了，差一点要扑倒河里去了。

到饭店时，德力西无锡公司的老总赵建华已在等了，他与成虎和我是老朋友相见，自是饮觞满酌，"酒深情亦深"。

天宁寺墙外

建华兄特地请了无锡运河研究会副会长曹先生一起用餐,曹先生给我介绍了好多关于无锡运河的变迁史,并给我送了几本关于运河研究的书,他今年82岁了,看起来好像才70岁出头似的。饭后游无锡老街,这里有"江南水弄堂,运河绝版地"的美誉。

林会仓坐动车从乐清过来,七点多到饭店。

50 拜拜灵山大佛

| 4月19日，丁酉三月廿三 晴 | 无 锡 |

记得2006年春我来过灵山大佛景区，已十多年了。那时的印象是大佛气势恢宏，高与山齐，双眉半弯，慈目微闭，你走远他看远，你走近他看近。而今天大佛依然慈颜微笑，宝相庄严，右手指天，左手指地。在大佛前的广场上，当佛乐响起，水龙腾飞莲花绽放，金身太子佛徐徐升起时，也是一手指天，一手指地。这是吉祥的祝福，除去痛苦，抚慰心灵，愿天下平安快乐。佛讲佛性，佛性应是在人性上的提升，所以佛懂人。而人呢，但求佛能懂我佑我护我，所以信佛念佛供奉佛。我想起了南怀瑾先生的一副对子："色即是空，空即是色，看得破而放不下；善有善报，恶有恶报，讲的好而做不来。"这几十个字把人性与佛性的关系讲得深刻了。十年后的今天我看大佛、看广场上的人头攒动，与十年前有

了些变化。

而去灵山梵宫，又是一种新的体验。我特别留意的是"华藏世界"，这是佛家称的内心至善圆满、光明灿烂、和谐快乐、庄严慈悲的天外之天，纯净透明，美艳惊世。

在《觉悟之路》演出现场，我拍了一张金黄金黄的照片，金光似欲喷薄而出，发在朋友圈里给大家作美好的祝福。

下午去了鼋头渚，春天的太湖到处是美景，我们也舍不得坐车了，这好景色、好心情可不能一闪而过，一个来回六七公里。树有挺拔似欲直插云霄的，也有盖如罗伞的，碰上的游客百人百样，但无不欣喜不已似的，在风景中的人会变美。难为建华兄都陪着，虽有老板肚，但走起来也是步步生风，一点不慢。

周荣老总特地从苏州过来，其堂弟周海也过来了，这可是"出郊外以迎"的隆重了。鼋头渚上留下我们一行的脚印，也留下了我们的笑声。

晚饭后惠山泥塑的徐大师给我捏头像，在大堂茶吧里，我们对面坐着，他搬出一块泥巴，看我一眼捏一会，捏一会看我一眼。我想起了小时候玩泥巴，最高水平也就是做成既像马又像牛、又非马非牛一类的东西，就没想到做头像。徐大师做成后，我也觉得这既像我又不像我，似我非我，成虎和建华老总在边上看，却说像了像了，哈哈，纯属起哄。

拜拜灵山大佛

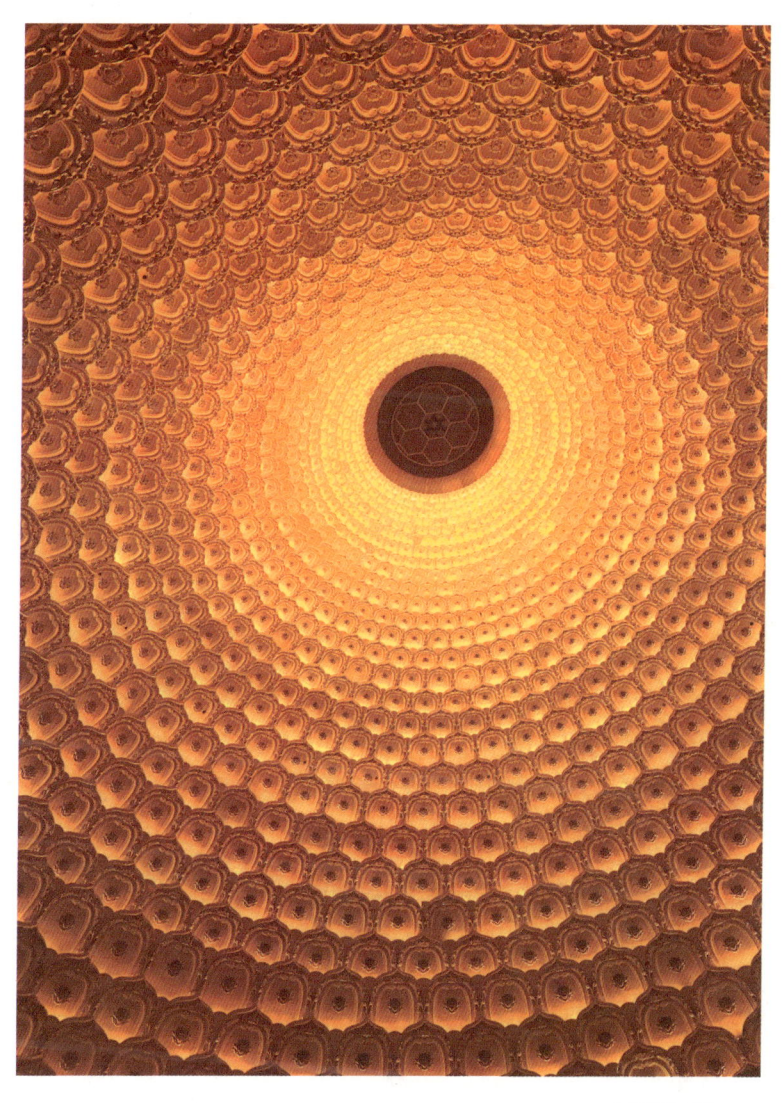

"华藏世界"

51 二度来华西

4月20日，丁酉三月廿四
晴

无锡到苏州

一大早请赵建华老总陪我们去看望无锡市老书记洪锦炘，他家在洪宅，乐清的名门望族。洪宅出了不少人物，他是其中之一，江苏省人大常委会副主任任上退休。1997年上半年我在虹桥工作时曾带一班人来过无锡，他让一位秘书长全程陪同，还几次宴请，乡情乡谊很重，几十年过去后我记忆犹新，感动如旧。

老书记依然清癯秀拔、神风润朗。书架上有不少他与重要领导人的照相，我向他表达了对他的敬重和祝福，他也对我们的走读运河赞赏有加。围墙内的小院子里草木茂盛，春意正浓。

与老书记这里隔着一条小巷的是张闻天的故居，这是一幢西班牙式小楼，两层三开间，是张闻天度过他生命最后岁月的地方。展出有图片有实物，我注意到了1945年6月毛泽

惠山古镇的茶室

东在中共"七大"期间关于选举问题的一次讲话，是这样说的："遵义会议是一个关键，对中国革命的影响非常之大，但是，大家要知道如果没有洛甫、王稼祥两位同志从第三次左倾路线分化出来，就不可能开好遵义会议。同志们把好的账放在我的名下，但绝不能忘记他们两个人。"这洛甫就是张闻天，这段话装在镜框里挂在那里。

这上午的时间我们还游了淘沙巷，参观了薛福成的故居和光绪皇帝题的"钦使第"。无锡出的名人多，名人故居也就多。东林书院本是要去的，只是上午太匆促了，终未去成。风声雨声读书声，便是声声隐约。

中午时分我们走过锡惠大桥，与大家汇合到了惠山古镇。惠山古镇我是第一次来，但二泉映月名气很大。在挂着"泥人丁"招牌的一间店铺兼工作室里，买了一件小但有点儿趣的泥塑。

下午近四点，我们访问了华西村，这是第二次了，距离

老读笔记

上次已二十多年。当年是仰望，这次是游览。20世纪90年代，就乐清乡镇农村而言，整体处在经济快速增长期上；而华西村不仅是财富极大地增加，是整个社会形态的变化，一骑红尘，天下注目。目前则是另一番情景，尤其是前不久有报道说华西村总资产542亿负债为389亿。

山上有迷你型的"天安门"，有"长城"，有"山海关"。发现华西人喜欢造塔，华西金塔高大威猛，这塔的右前方又添了九座新塔楼。而且发现他们喜欢狮子，金塔四周摆着不少的石狮子。

在"天安门"半山偏下的地方，绿树丛中有几座新别墅，我问这是给谁呢？回答说是给贡献大的创造效益多的。在金塔上往下望，能看见老书记吴仁宝生前住的是一幢80年代的老楼房，现在全村都是别墅。吴老书记后面的几排别墅是第一批，也有几幢好一些大一些，我又问这应该也是分给贡献大创造高收益的人，回答说是的。那应该首先就是村里或公司里的领导们了，回答也说是的。

墙上挂着一个"1975年12月9日，苏州市各界爱国人士学习参观团赠"的牌匾，上款是"江阴县华士公社华西大队"，八个大字是"拆天改地，造就新人"，"拆天"这词还是第一次见。年头已久，匾已旧，当年制作也粗糙，而把它与国家领导人以及一些著名人士的题词挂在一起，当有它的讲究了。

52
春风连夜入姑苏

4月21日，丁酉三月廿五	苏 州
阴	

　　贺方回住在苏州时，因一句"梅子黄时雨"，在宋朝诗人中有"贺梅子"之雅称，"一川烟雨"这"雨"我喜欢把它读成"语"字，"一川烟草，满城风絮，梅子黄时雨"。当下正是此诗中的时节，漂亮的苏州、漂亮的古运河。今天我们人多，近四十人了，周荣的路之遥公司订了一条大游船，早早就在码头等了。天欲雨，风微凉，树绿水碧，墙白瓦黛，我们呼吸着柔软的空气，听着娇滴滴软糯糯的评弹，看细浪轻拍船舷，一切都是平平缓缓的，包括这时间和此刻的心情。这也使我忆起了半个月前淮安清江浦的夜游，一艘画舫，古闸古塔、南船北马以及尚带寒气的灯光，既恍若昨日又像是很久以前的了，那晚我穿着一件厚厚的外套，今天已是短袖T恤了。

路之遥公司合影
左起：周荣和夫人，房宁、赵乐强

周荣是我的多年至交。去年出差经过苏州，时过中午，当晚还得赶回去，我跟同行的人说，时间虽紧，周荣必见。见面聊的就是有关筹划"走读运河"的事，今天苏州有约，他便是这个故事中的人物了。一大早他到饭店，我说你把我们搞娇气了可不行，住五星，坐豪车。他说你这一路瘦了黑了，去的正是这娇字，古人云人生何谓贵？闭户读我书，而你读的可是运河呀，古往今来如阁下者知有几人？我说我这趟是自在行，譬如行脚僧，晨起打包轻。他说你身轻了，精神却是增厚增重了。知我者周荣也！

在阊门，在白居易祠里，我记下了它的一副对联："唐代论诗人，李杜以还，唯有几篇新乐府；苏州怀刺史，湖山之边，尚留三亩旧祠堂。"论诗人怀刺史、新乐府旧祠堂，

春风连夜入姑苏

苏州阊门

一个大故事，短短几十字，生动精到，后人看前人看得清透。

午饭是姑苏老式饭店正宗淮扬菜肴，饭后从阊门沿古运河到盘门。徒步有瘾，有好的路不走走心会发慌。四十来人的一支队伍，却也是风景。

到路之遥公司已是四点多了，崭新成片的现代化厂房，造型简洁庄重。北京来的董姓女老总悄悄地说，苏州路之遥呀，我可是遇上人物了。记得是2005年，我第一次到周荣的厂里，那时他正在建新厂房，说是80亩地，当年他从温州迁来之初是租借人家的，现在的公司占地800亩。他这些年的发展尤其是智能化制造和研发的能力，非比寻常。几年前人们津津乐道的日本马桶盖，核心部分的产品就出自他的企业，他现在的研发已到第十代，市场上卖的才第六代。在国家实现工业化的宏大叙事中，周荣写了一篇美妙的创业史。

入晚，香格里拉大酒店西餐厅，柔和的光线、洁白的桌布、精致的餐具，安宁、古典、高雅，对比我们这一路上的泥沙、土路和汗水，显得有点梦幻。周董在祝酒时说，"走读运河是赵乐强先生团队的事，但也是我们大家的事，总之这是件很了不起的事。其始也简，其毕却巨，行程到苏州离拱宸桥已近，大功即将告成，让我们开怀庆贺一番。"

赵章品、张良建和蒋一丰、陈建明他们趁周末也过来了，到时已比较晚。

53 "红衣总管"过生日

4月22日，丁酉三月廿六 晴	苏州

周荣兄盛情，一定要留大家在苏州再过一宿，他要我们把这美好的行程拉得更长些。是啊，远在河北时我们巴望早日到江南，到江南了，离杭州一日近一日了，又生出了留恋，巴望慢一点。昨晚的酒多了，上午我没出去，在饭店休息，他们去游虎丘和寒山寺，一句"夜半钟声到客船"，悠悠千年。

起来冲个澡，泡了一壶茶，当窗坐着，尽情享受这静谧的早晨和放空了似的这心的轻快。杯里的熟普洱红而透亮，喝一口醇和甘甜，这是近一个多月来最轻松的上午。首先看手机，一路上还真赖上这手机了，"嘀"的一声，微信一条，打开便是友谊。今天有两条属高人高见，其一：

"长途远足难在两头，开始时难走，难的是脚力和腰力。快到的时候难在心力，还能像在冀鲁平原上那么步履不停而

女儿赵斯惠（左）及其闺蜜刘萌

心如止水吗？江南多喧嚣，君应看似风当如烟。"

发第二条的哥们近来可能受什么刺激，玩深沉了，也录如下：

"有一天你会突然发现，你的好，对别人来说就像一颗糖，吃了就没了。而你的不好，就像一道疤痕留下了，会永远地存在。如果有那么一个人，因为你的一点好，就原谅你所有的不好，那就好好珍惜吧，因为太多的人，只会因为你的一点不好，而忘记你所有的好！"

有点世故了，这些是难说清的事。人的可变性和可塑性都特别大，没有一成不变的人，也就不会有一成不变的好或不好，没有一成不变的友谊。我倒愿意拿朋友一的好，盖他那九十九的不好，当然这一和九十九都是夸张的说法。朋友如书，精彩的要研读、要细读，一般章节翻翻过就算。

"红衣总管"过生日

明天就要入浙江了，比起华北、山东、江苏，陌生感将逐渐减弱，新鲜感估计也会不足了些，原定过了"五一"到杭州的计划要提前。

读了一个上午的书，读的是自己的诗词集《家山杨梅红了》，旅途上读自己的书是一大享受。或许是这一路风吹日晒的，眼光变了，有几首如果照我现在去改，可能会被我改得面目全非。不改了，人生阶段不一样，体会自当不一样。

下午随大家游木渎镇，或因周末，人流如织，名居名宅终无片刻宁静。都说木渎风情万种，这万种风情却被这到处哇啦哇啦的导游小喇叭淹去了一半，只有不到五千了。

今天是祥和兄的生日，一大早他穿上红T恤，很是喜庆。我们是高中同学，这次陪我一起走，还要管我们的吃和住，住的地方可以不高档，但不能不清爽，吃的可以最简单，但不能不卫生，他都做到了，而且有他在就热闹。因为他喜欢穿红色的旅行服，我们昵称他为"红衣总管"。

晚上周荣夫妇举办西式宴会，为祥和兄庆生，也为我们饯行。十几米长桌上几十副银色餐具，一字摆开，在华美的吊灯下闪动着晶莹的光亮。

惠儿和她的闺蜜刘萌下午从上海过来，见面就说，老爸黑了瘦了但比之前更精神了。

鲜花、蛋糕、红酒，这晚上的美好属于和兄，也属于我们大家。

54
拜访庙港老太庙

| 4月23日，丁酉三月廿七 晴 | 苏州到盛泽 |

一大早周荣兄来饭店为大家送行，严教授则陪我们去庙港，庙港在吴江，南怀瑾先生的太湖大学堂就在这里。严教授与我扬州见过，一席交谈，一见如故，他是苏州大学搞城市规划设计的，是一个既有梦又能把梦变成现实的人。

一路上我的心情有点激动，到庙港算是故地重游。南先生健在的那些年，我好多次来过，住上三五天或个把星期，陪老人说说话，听听他的教诲，读点书。记得2011年的那个春三月，我向他报告乐清三禾读书社的情况，老人竟扶案而起，老泪纵横，他说自己为现在的乐清居然有这么一个读书社，有这么一批仍能以读书为乐事的年轻人而感动。此情此景犹如昨日，想起仍惊之悚之，老人对故乡的情是在最深处的地方流露，他能看到一个地方最重要的是什么事，也十分

拜访庙港老太庙

盛泽古镇

清楚一个地方什么东西是最宝贵的。那天晚上他问我"你有当官的体会吗？"我说有，心软些，肩硬些，心软些包容人，肩硬些能扛事，老人十分赞许。也是那个晚上他对我说，你官可以不当，但搞文化和读书你不能变。今天当我一脸黝黑一身风尘向他走来时，老人家如健在当会十分的高兴。

严教授的一位沈姓朋友在高速公路上一个叫七都、震泽

老读笔记

朋友们会聚在盛泽

拜访庙港老太庙

的出口处接我们，并为我们在前面带路，经过太湖大学堂门口时，车子像风一样刮过去，我心里打了一咯噔。他把我们带到老太庙，这匾额是南怀瑾先生题的，落款称九四顽童。老太庙里供奉的是邱老太爷，他是庙港百姓的守护神，相传船入太湖，一旦遇险，只须高喊几声"邱癫痫"便安然无恙。"邱癫痫"是邱老太爷的小名，如果唤"邱老太"，他来也是会来的，但比较慢，因为"邱老太"是他官场上用的称呼，唤他官名他要换好官袍才能出现。"邱癫痫"这可不是什么好听的名字，看来他是个不为自己尊者讳的人，南先生也一定会喜欢这一点。

此庙毁在 1958 年，2012 年重新建成，南先生捐了 18 亩的土地指标和 100 万元的稿费。因有了南先生的背景，我们看的听的都很仔细。

在这里喝了茶，沈朋友带我们去了费孝通江村纪念馆，费先生《江村经济》中的江村即是这里的开弦弓村。费老生前是行行重行行，二十六次到这里调研，该村因此也成为国际社会学界研究中国农村的首选之地。在这个纪念馆里，你能看到费先生的命运和开弦弓这个普普通通的江南水乡紧紧地连在一起所生出的生动及其沧桑。

离开了这里，与沈朋友握手告别后，我们去太湖大学堂，但只在大门口站一会，曾经熟悉和亲切的大门今日很陌生，门卫借口里面有重大的活动，谢绝所有闲人入内。一切都很遥远，白玛师父劝我说，没关系的，很好了，进不进去，来

震泽禹迹桥

过了都一样。

严教授请大家吃了中饭,道别后,我们便去做震泽古镇的匆匆过客,宋代诗人吕本中到这里说自己是"鼓角春江一日狂",可我们只狂了两个小时。与木渎比,这里含蓄古朴,温润安静。只是行旅匆匆不敢多逗留,一批人得回去,我们继续往盛泽走,盛泽是我们在江苏境内的最后一站。

拜访庙港老太庙

震泽到盛泽走的也是公路,车不是很多,田野里可以看到不少桑树,公路有人行道,安全没问题。难得阿密居然也走了十多公里,他可是个不爱运动的主,惠儿和刘萌走得似乎也蛮轻松。

近盛泽时,看到一个挂着好几块牌子的高大的办公楼,我们以为是乡或镇政府,走近了才发现是村办公楼。下午五点来钟踏入盛泽镇,天呈青灰色,这青灰色的下面街道宽敞,清净爽朗,满眼绿树,高楼挺拔,是一座现代化气息很浓的城市。看其规模和气派,哪里还是一个镇呀,这令我们感叹不已。

林金彪在盛泽多年,我是多次说来但都未来,今日带着运河的风水来看他,大家别有一番激动,而老朋友招待,自然又是一个快乐的夜晚。建克兄、惠儿和刘萌他们饭后回上海。周海平下午从杭州过来,他爱茶也喜欢茶的收藏,这晚上就少不了喝他的珍藏版了。

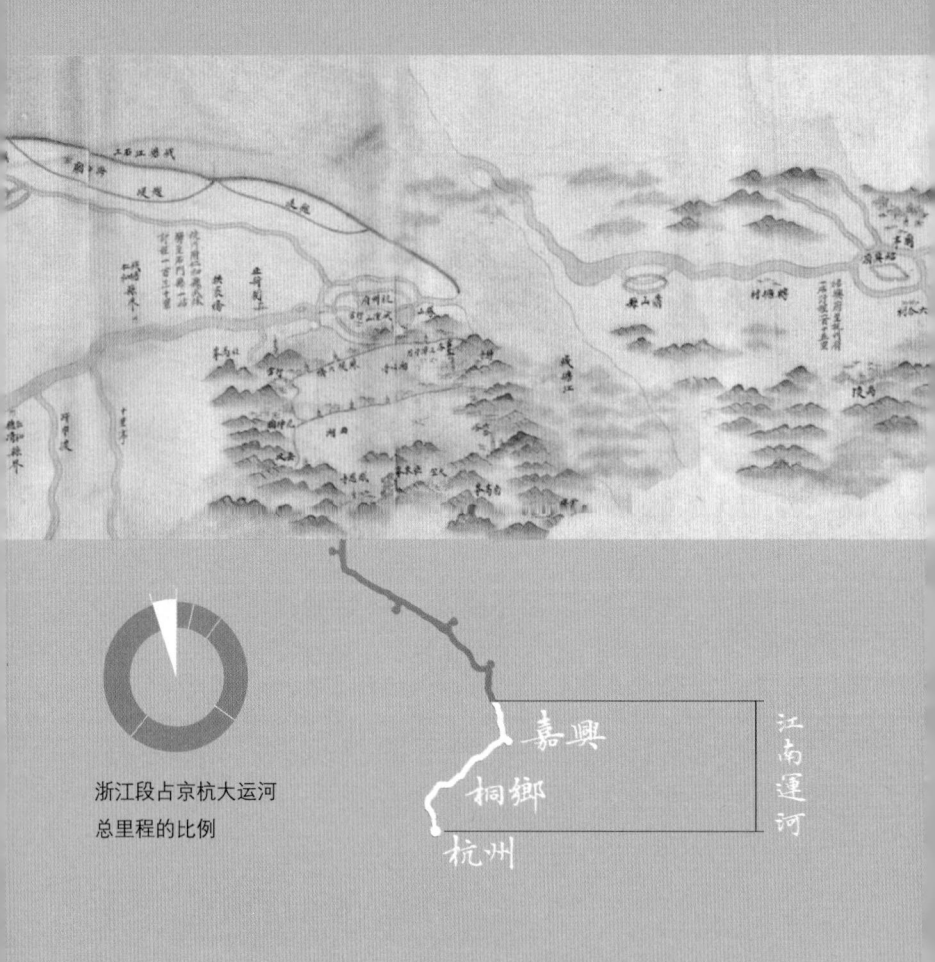

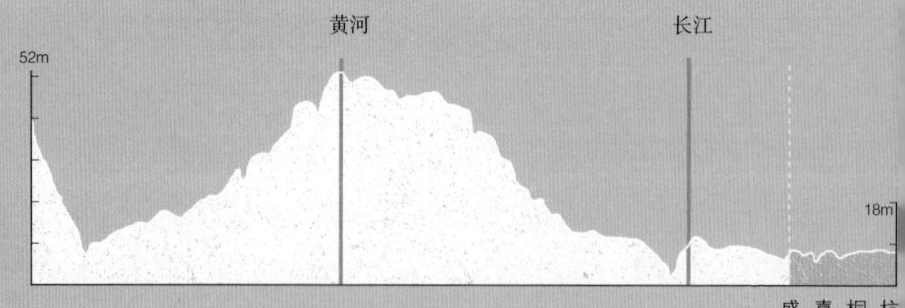

浙江段占京杭大运河
总里程的比例

江南運河

嘉興
桐鄉
杭州

黄河　　　　　　　長江

52m

18m

盛　嘉　桐　杭
泽　兴　乡　州

京杭大运河沿线地势剖面图

浙江段

4月24日—4月27日

盛泽——嘉兴

嘉兴——桐乡

桐乡——杭州

55 踏入浙江地面

| 4月24日，丁酉三月廿八 晴 | 盛泽到嘉兴 |

早上醒来倚窗望远，水即天天即水，欲亮未亮时的朦胧本来就是一景。等太阳露出脸的时候，又是一个现实的世界，高楼、广场、湖泊，还有晨练、晨跑的人群，新的一天开始了，这盛泽给了我十分美好的印象。

金彪的厂子每天出产的布料达150万米，我们参观了他的生产车间，几百台织机在工作，看到的工人不多，过道上车进车出很是繁忙。他说十几年前感觉厂房太大了，现在是太小了，新厂房明年启用。盛泽是蚕桑纺织的产地，金彪是个把传统产业做到了现代的人，俨然已成为一代纺织行业的企业家。

10点来钟，我们跨过了江苏与浙江的交界处，一条石拱桥，五孔的，高卧在运河之上。海泽举着小红旗，平地高高跃起，镜头中留下了蓝天白云和古桥以及矫健欲飞冲天而起的他。白玛师父近日管海泽叫"钓鱼岛"，一会儿不见就说"钓鱼岛"哪去了，看到了他就说，哦，"钓鱼岛"在了呀。

盛泽去嘉兴的运河边上也没有路，我们依旧选乡村公路走，这是块肥沃的土地，史上称"嘉禾一穰，江淮为之康；嘉禾一歉，江淮为之俭"，江南运河即是从杭州经嘉兴而至镇江的。过王江泾镇时见路边立着一块《苏嘉铁路王江泾站碑》，这里曾落下无数日寇的炸弹，飘过抗日战争的硝烟。如果再往远说，明嘉靖年间，湘西土兵和广西狼兵曾在这里一战而胜，大败倭寇，《明史》评此地此战"盖东南战功第一"。王江泾已是浙江的地界，金彪说，当年本来是准备在这里落户的，但河对岸的政策优越，好鸟择林而栖，就到对岸了。今天的盛泽"日出万匹，衣被天下"，用阿密的话说，什么"巴布莱""九布莱"这里都有。

下午1点多我们到了前面的镇上，在一家超市买了一些东西当午餐，就坐在它门外的台阶上吃并作短暂休息，我们知道这种吃和休息的方式是这次行程中的最后一次了，想来却也觉得留恋起来。都说随意难得，随意还真难得，终是有那么多人，而且在旅途上好像才可以放得开，才能如此随意。

嘉兴城内的运河边已成公园，清清的水，碧绿的树，树下草地上坐着我们这批五颜六色衣着的人。我想起了我喜欢的元朝诗人萨都剌，想起了他的《过嘉兴》："我歌水调无人续，江上月凉吹紫竹。春风一曲鹧鸪吟，花落莺啼满城绿。"

盛泽运河

诗里说的水调传说是隋炀帝开凿大运河而作的大曲，此曲很香很高雅，隋炀帝很臭很暴君。

徒步的一个大好处是可以想一些问题，而且是无拘无束、海阔天空地想，运河与隋炀帝的关系当然也想。传说的还真不是那么靠谱，包括某些所谓的秉笔直书。中华民族是个伟大的民族，一个伟大的民族一定有伟大的工程，京杭大运河恰恰是我们这个伟大民族的伟大工程之一。而缔造这一伟大工程的人却被咒骂千古，在苏州河上，船娘说隋炀帝为看琼花而造运河，周海未等她说完便让她打住，"你这是瞎说，胡说八道。古人造谣，你这是传谣。"我听得都惊讶，周海人粗口气也不细。

晚上金彪请我们吃南湖船菜，八大碗八小碗，野菜竹笋、野生鱼虾、土鸡野鸭，酒却是上等茅台，而且摆出了不醉不罢休的架势。

烟雨楼今夜无烟雨，南湖上灯色澄明。

56
记住了嘉兴"三塔"

| 4月25日,丁酉三月廿九 晴 | 嘉兴到桐乡 |

昨晚住在南湖上,金彪兄弟安排得很周到。嘉兴南湖是个名胜的地方,古人说它"轻烟拂渚,微风欲来",湖心岛上有座烟雨楼,自然使人想起"南朝四百八十寺,多少楼台烟雨中"的诗。岛上有两块乾隆御碑,据说他六次下江南,八次上烟雨楼,写了几十首诗。

这一路上看了不少的御碑,乾隆的最多,康熙其次。

这次没有去看红船,但董老董必武的诗记得很清楚:"革命声传画舫中,诞生共党庆工农。重来正值清明节,烟雨迷蒙访旧踪。"他是在这条船上开过会的党的创始人之一,这旧踪则是布满历史烟雨的旧踪。

今日有太阳但不大,九点多离开饭店经紫阳桥到范蠡公园,一路往西,运河微波轻漾,却见河边有"三塔"并峙,

嘉兴三塔

走读运河

黑黝黝的,均为九层。每塔前都立有一根石柱,千百年也匆匆,不知多少纤绳在这石柱上勒过,以致绳痕很深,历史感也很深。风吹过,似那赤裸上身、青筋暴露的纤夫在走动。见白玛师父双手合十念着经文在绕塔走着,我读到了古意,感受到了禅意,也有了几许寒意。在我们之前的都过去了,下一刻我们的此刻也就过去了,"瞻望清路尘,归来空寂灭",我没拜塔,却对着这几根老石柱作了几个揖。

我掏出手机,这会儿不是拍照,而是翻出早上白玛师父发在圈子里的一首诗:

无论什么时候
当烦恼袭来时
当我们的心不快乐
马上就要生气时
一定要学会
对自己说一声
我不是为了生气才活着的
命运的深层次意义
就是要学会放弃和等待
放弃一切喧嚣浮华
等待灵魂慢慢地安静
当我们慢慢
找回自己的本初
就会发现

白玛师父

眼下一切的不快
根本算不了什么

　　看着这石柱，这诗读得更有味。白玛他是虔诚的佛弟子，也是一位才华横溢的诗人。所以有人说我这次运河行的组合恐怕是独一无二的，既有白玛师父又有房宁教授，一位高僧大德一位大牌学者。这日里风里泥里汗里三千里，也是诗里画里史里思里三千里，白玛师父是稳定的力量，每步陪伴，

吴志安和夫人叶乐燕

步步春风。教授也不能缺，常点拨一二，开我茅塞。

叶文杰过去说自己走路还可以，带学生上城北十几公里的山路，一个来回不大费力什么的，我都不大相信，这几天发现果然不错，与白玛师父还较了一回脚力，最后说真心佩服。我笑他是帕萨特1.8T，人家是奔驰600，不可比的。

吴志安和他的夫人叶乐燕，从镇江至今未落下一步。绿树碧草红霓裳，一路喜庆，一路美好。想起了白居易的江南忆："吴酒一杯春竹叶，吴娃双舞醉芙蓉。"

五次从西宁飞来陪走的金顺灿

今日其他诸事另记如下：
1. 三点多钟我们到了桐乡，天阴沉沉的慢慢下起了雨。去理了发，明天就入杭城了，人逢喜事精神爽，不能邋遢相。
2. 金顺灿、郑秀海昨晚回来了，明天一起入杭城。周健饭点到。晚九点多，孔庆元、陈绍鲁、周越女、王玉珏从乐清过来，还有叶鹏程从北京过来，入城的人马增加。
3. 建克已与有关方面谈妥，明天由桐乡海事局派船接送我们去拱宸桥。

57 不胜今宵一场醉

| 4月26日，丁酉四月初一 阴 | 桐乡到杭州 |

广济桥早上的天有点凉飕飕的，欲雨未雨。虽已时近初夏，却尚留有几分江南的春消息。

我们先是坐车到塘栖，这是座古镇，大运河穿镇而过。古来塘栖就是杭州的水上门户，由此走水路入杭城，还真是一件美妙的事情。走读运河已是一个故事，故事得有结尾，选择了这天气这地方，和坐船的方式，便使这结尾多了几分诗意的美。

未入古镇先见古桥，一条七孔的石拱桥横跨在运河上，旧石板旧栏杆被昨夜的雨水冲洗得很干净。抬眼望去天空灰蒙蒙白糊糊的，桥上的人却一个个都很清爽很洒脱，走在天街上似的，"走读运河"的小旗帜，像一抹红云飘过，十分的亮丽。我看了一会桥头的石碑，这叫广济桥，明代弘治年

拱宸桥上

间建造的，距今已 500 多年。那时两岸相隔，一个宁波的商人叫陈清时，为此而游走天下，多方筹资，桥成之后人们念其恩德，把他称之为"广济长桥之父"，立碑纪念。其实，五百多年，这期间也不知其有多少废与兴，人事一代代，禾苗一茬茬，但美德总是长留，桥愈见其老，德愈见其贵，致使这地也添了无数的厚。

显然塘栖的形成也是借了京杭大运河的光，光绪《唐栖志》中就有这样的记载："唐栖官道所由，风帆梭织，其自杭而往者，……水陆辐辏，商家鳞集，临河两岸，市肆萃焉。"虽是古老的商业之地，但直到今天看到店铺里的东西还都是自家的多，没有那种买卖的嘈杂。

河边有很长的长廊，长廊里有长溜的美人靠，此地有俗语称："跑过三关六码头，不及塘栖廊檐头。"这檐头下有

老读运河

桐乡到杭州船上

着乡愁和敦厚的乡情。

近中午时陈建克过来了,余立平和乐永、立安他们都来了。天行远远地奔过来,与我久久地拥抱,一米八八的个子比我还高出一头,说"阿伯,您比我想象的要白一些,我看照片你很黑很黑的",转过身要过小旗帜,高高地举着,一幅姚明入奥运主会场的架势。

我们从海事局的码头上船,一河青光,船来船往,水运也繁忙,千吨左右的大船居多。房宁教授说古之漕运,今之航运,载得动金山银山。当然我们讲的最多的还是运河的旅游,这是将来的长线,人们会慢慢地朝这运河的边上走来,它表达的是历史,是文化,是情怀,当然也是风是景,是旅游是健身。

去年此时我来过拱宸桥,今天再来却非旧时感觉。这一

不胜今宵一场醉

到达

路上我们很多次念叨过它的名字,念多了想多了就成了心中的一份牵挂、一份寄托。踏上这码头,便感觉这些都放下了,生出了无限的轻松。却也奇怪,与这轻松顿生的同时,感觉心也澄明了,这桥、这桥下的水、这桥上的人都明亮了起来。

建克兄和高度老弟为我们在拱宸桥边的"舒羽"咖啡馆举行了一场茶叙。这"舒羽"也叫"运河读书室",是高度老弟办的,在这里舒展羽毛,是件很诗意雅致的事,此时,"舒羽"舒的全是温馨和友谊的光芒。

今晚宝鑫的杭州公司灯火辉煌,绍旺老总在这里为我们接风。小院内樱桃熟了,甜中带酸,挂在枝头,青红相间。房宁教授开玩笑说:"你出了本《家山杨梅红了》,我要出本《院里的樱桃熟了》。北方多樱桃,我们第一天出通州到沙古堆村看的就是樱桃园呀!"想来真快,那时园里的樱桃正开花,现在应早已在北京城的商场里了。我对教授说:"沈从文说这个春天去看了一个人,我们这个春天去看了一条河。"

晚宴五席,自是杯盏觥筹,"烹羊宰牛且为乐,会须一饮三百杯",这酒喝得开心,面对好哥们,这杯便频频举起,几乎未曾放下。

58 千秋以上接精神

| 4月27日，丁酉四月初二 晴 | 杭　州 |

　　我们住的地方叫江河汇饭店，出门横过马路往左一拐，就是京杭大运河流入钱塘江的口。江口平静，阳光照在水面上懒洋洋的，钓鱼的人把钓竿密密地搁在绿色的护栏上，微风吹过便有轻轻地摆动。这位钓鱼的是个快乐的主，戴着耳机听着歌，脚边摆着一叠啤酒，他不像我是纯来看风景的，他这钓竿一甩便与这江这河、与这江河汇合的地方有了某种联系。我想到了由闸口驶来的船，江水河水于它都是水，而船上老大的眼光总是盯着下一个码头。

　　下午因为有一个与媒体的见面会，我也无心在这里作更多的逗留，但这河口却给我多了一个思考，运河到了钱塘江到底是结束了或是新的开始了？正如有人喜欢波澜壮阔，有人喜欢波澜不惊，运河如有思维，可能也会面临新的选择。

杭州宝鑫公司花园留影

我是二月二十七日从家里出发的，到今天正好两个月。出来时曾说过但愿减去的不仅仅是身上的衣物，看来还真的不仅仅是衣物，秤上一站，哈哈，少了十几斤！我也说过争取走它个三千里，这超了，一千六百多公里，三千二百多了，而且影响了不少人，一路上尤其是进入江苏境内以后，接到不少认识的或不认识的人的电话，都说到自己在剪报，要把我的日记收集成册，更多的则是刷屏，这点我很欣慰。走路是我们自己个人的事，自由自在，随心所欲，但这事成了大家关心的事，能给人们以兴奋，却是件高兴的好事。

有人问我，现在让你再走一趟你会走吗？我说这事不能固执了，走或不走，由心而生。也有人说一天走个三五十公里不成问题，问题是每天都要走三五十公里太难了，这也是真的。我最多的一天才走四十七公里，本是想最后几天来个冲刺，日行百里什么的，反正都快到了，也不怕走坏了半途而废，可是没想到江南的运河没有那么好那么长的路让我们走个痛快。

接受CCTV采访

    我的一位从没有写过文章的朋友问我,这些文章都是你自己写的?我说是呀,却也无语,但我不敷衍他,我很耐心地跟他说,这一路上脚在走脑子在动,有时脑子转不动了脚还要动。所以我这些文章一半是脑子写的一半是脚写的,他给我说的晕乎乎的。

    这些天听到最多的问候是"辛苦了",其实"辛"是心里生的,属精神层面,有辛才叫苦,没这个"辛"字这苦仅仅是累一些而已,熬熬就过去了。一个"熬"字里会找到生命的归宿的,没有过煎没有过熬的人生终究不成熟。

    我很庆幸自己有此一行,不仅是身轻了,心也轻了。

    一路上陪我走一程半程的近百人。以前我说过朋友是书,你收藏的书的品质,决定了你这个书斋的品位,且好书百读不厌,可读一生。今天我还要说好朋友也是用来感动的,这种感动往往令你只有把他提高到生命的真实意义上才会明白。

    这日记应是此番行走的最后一篇了,运河悠悠,天长地久。

后　记

　　初秋的一天，我和几个朋友在开化马荆溪边的一家民宿里度假。聊到本书的封面设计，大家的意思都是说拙朴些好，我却要求做到让人一看就欢喜的那种。张总平时话不多，那晚上却是很兴奋，开口就说，对极了，像他的"海上白玉兰"酒，不仅名字好听，关键还是酒好；包装要雅致、经典，好看的瓶装好喝的酒。张老板这话讲的比我有水平。

　　书中的这58篇文章，我称它为走读随笔，路上文章。我的一个作家朋友跟我说，你知道我最喜欢文章里什么吗？我问什么呀？他说风尘色，"匹马风尘色"那个风尘色。我记得运河归来后写过两句歌词叫"把大地踏遍，抖落一身风尘"，我这风尘是本来面目的风尘，朋友讲的是运河上的旧萧条新风雅和沧桑沉浮，不一样。套用一句谁的诗，你来或者不来，我就在这里，运河天长地久，能沾它一点风尘色却也自喜。但我没有

后 记

像张老板那么自信,书不仅仅是皮好看,还要好读。好酒不上头,好文字要入心。

这里我要特别感谢一下叫我路上动动笔、写点东西的朋友,不然的话就没有这些东西。在第一天的随记中,我记了白玛师父的一句话,叫"过了就过了,过了就好了",这是名言,这样做人处事就豁达了,但把这如果用在我的走读上,过了就过了,过了就好了,这好却是完了,走过后回头一看什么都忘了。幸好有那么一记,才有今天这书。

在路上时,我曾跟朋友说,我走读运河,你坐读运河,一事两好。今天,有了这本书,还是这话。